ВИДЕНЬЕ И ЖИЗНЬ 2024 г.

幻影と人生 2024

工藤正廣

未知谷
Publisher Michitani

愛する友よ
幻影を生きるときはそこで大地は終り、
しかし人生を生きるときは
そこで大地は始まるでしょう
——ユゼフ・ローザノフの手紙から

幻影と人生　目次

幻影と人生　２０２４　ВИДЕНЬЕ И ЖИЗНЬ 2024г.

この物語は独立した一篇として語られるが『没落と愛　2023』の続篇にも位置づけられる。

本作の主な登場人物
（＊印は前篇の登場人物）

＊ユゼフ・ローザノフ（かつてFSBの大尉）
ジェーニャ・カサートキン（ユゼフ・ローザノフの若い友）
＊ヴァレリー修道士（グロモフ。ミレナ谷の廃墟になった修道院を修復）
イワンチク・イワヌィチ（ポクロフスコエ村の素人画家）
イヨアン・ドンスコイ（預言者として流離ってきた人物）
ライシア・マケドンスカヤ（ドンスコイの若い助手）
ダーシャ・イズマイロヴァ（タガンローグ図書館司書）
ヴェロニカ・ゴレンコ（ミレナ谷近くの農場の一人娘）
＊リーザ・カザンスカヤ（ウラルのさくらんぼう園の娘、いまはレンフィルムの監督）
＊セーヴァ（ウラルのダニール修道院で働いていた若者）
ゴーシャ（ゲオルギー・カザンスキー。リーザの兄）
アダム・ゴレンコ（ヴェロニカの父、農場主）
＊セルゲイ・モロゾフ（流亡の聖像画僧）

場所　ロシア南部アゾフ海のタガンローグ地方
時　　二〇二三年秋から冬にかけて

プロローグ　TRISTIA

九月は終った、そうユゼフ・ローザノフ大尉はやがて現れるはずのドン川河口の風に言った。

九月がセンチャーブリ、センチャーブリ、と河口にみちびき、また戻って来た。sentiabr' sentiabr' sentuabr' そうぴちゃぴちゃいう風と波音を感じながら、ジェーニャ・カサートキンはユゼフ大尉の横顔を見ながら豊かな緑なす菩提樹やハコヤナギ、あるいは樫の木、そして多くはハンノキの森から、いきなり背の低い秋の草地に出て、自分も、センチャーブリ、センチャーブリと口に出してみた。風が背の高い葦の禾《のぎ》のうえを渡って行った。とにかく生きて凌《しの》いだ九月だった、あの無惨窮まる戦場の八月を生きのびた。いま、ようやく、夏の遅れた奇跡の一日だけ、自然の秘蹟にめぐりあったのだ。やっと帰って来たのだ。

あれは大地なんかじゃない。果てしない、地平線までの麦畑でも、燦燦《さんさん》たる幾千もの黄金の円盤が唯一の太陽神を仰ぐ壮麗なヒマワリ畑でもなかった。《黙示録《アポカリプシス》》の鋼鉄の悪霊機械が蹴散らして駆け去っては戻って来る埋葬の大地だった。その日一日、一日が、勝利を誇る死と一瞬ごとに隣り合わせ、死者の塹壕で、あたかも親しみ深い隣人だとでもいうように凌いできたのだ。

アゾフの海のどこまでも青い浅瀬よ。友よ、ドン川の河口が実際はこのようにアゾフの海に開かれていたと知っているだろうか。ジェーニャとユゼフ大尉は、三つあるドンの河口のうち、いちばん近くて達しやすい荒涼たる砂州へと向かっていた。しかし二人はドン川の本当の河口について間違っていた。

ところで、ユゼフ大尉はどうしていま若いジェーニャ・カサートキンと一緒にいるのだろうか。ジェーニャはロシア義勇軍に志願して少尉だった。ユゼフ・ローザノフの憂国義勇兵部隊で、数々の対ウクライナ戦闘に加わった。ユゼフ・ローザノフ大尉より五歳は若かった。

この日、ユゼフ・ローザノフはタガンローグで、ウラルのペルミ時代の先輩にあたるエフエスベーのフェリクス・ボゴスラフと面談した。フェリクスは言った。ユゼフ、いいかい、命を大事にしてくれ、そろそろ潮時だろう、その気になったら戻って来てくれないかな。わたしのもとに。きみには反転攻勢の激戦地で死んでもらいたくない。きみにはもっとこの先になすべき使命がある。もっと古典的だが、われわれの伝統にのっとったやり方でね。急ぐなかれだ。いいかい、ぼくらはこの巨大組織に国内亡命しているといって過言ではないのだ。忘れないでくれ。われわれにはまだ時間がある。そうだね、ロシア的受難のためのだが、これはもちろん自虐ではないよ。この最後の受難の時を経ずしてはロシアはよみがえらない。遺伝子の中に組み込まれたようにね。だからこそこんなふうにして平気でいる。この病弊を癒すこと、あるいは一気に木っ端みじんにすることを、ぼくらは誓い合ったが、まだそのいずれもの時ではない。さあ、ユゼフ、帰って来てくれ。きみの青天の霹靂《へきれき》のような行動はもってこいの免罪符のようなものだよ。愛国の最右翼というようにね。人生は一瞬だ。ぼくらの祖先もみなそうしてやってきた。ここまでくるに、どれほどの受難を引き受けてきたことか、それでもまだ足りないと、神は言うのだろうよ。われわれの罪はまだまだ深いのだ。あと一世紀も必要なのではないか。しかし幻滅も絶望もしない。ぼくらはいかな幻影も追わない。

　ユゼフはいまボゴスラフ大佐の声を思い出していた。悲痛ではなく、柔和な笑みのまなざしを軽く伏せ、ユゼフ自身も静かに目を伏せていた。この先の受難を我が身でうけて立つか、無数の日々の暮らしの哀歓の中に身を消していくべきか。ユゼフは父の声を聞きたかったが、父はいない。

　そしてユゼフもジェーニャも、それぞれにそれぞれの思いをかかえ、その去就についてアゾフ海の自然に慰撫されようと思っていたのに違いなかった。

まだ夏の積乱雲がどんな芸術家にもまねのできないようなスケールの大きなドローイングで、圧倒的な生命力を誇示して、雲の宮殿をつぎつぎに創造してはそれを次々に変容させ、この変化のカオスだけが生命なのだと下界に見せつけている。

言葉にならない美しさと悲しさ、そして晴れやかな絶望《オト・チャーヤニエ》だったのだ。

日は輝き、積乱雲を逆光の中で彩っているが、すでに日は傾いていた。やっとのことで、二人は並んで岸辺に出た。

はるか西に、日が没するはずの青い岬が、蜃気楼《ファタモルガーナ》となって浮かび上がるのを見た。ジェーニャ・カサートキンは言った。タガンローグ市ですね。ここから直線で、タガンローグまで何キロあるでしょうか。海の上を歩いてすぐにでも行けそうに思えます。ユゼフ大尉は少し笑った。イイススじゃあるまいし……、まあそうか。いいかい、ほらこうして親指と人差し指でね、これが二キロメートルだとしてだよ、そうすると、まあ、二十キロメートルくらいかな。これはまるで、少年のような会話だったのだ。期せずして時を同じくしてロシア義勇軍に志願して出会った二人は、まだ若者のように見えた。ユゼフ大尉、アゾフ海は浅い。ほら。イイススでなくても歩いて渡れそうだ。水深は一メートル。いや、そうはいかないだろう。満潮になると五メートルくらいかな。ドン川の淡水が満たす。

幾艘かの艀船《はしけ》が日に輝いてタガンローグの港へと動いていた。ジェーニャ・カサートキンは想像していた。この海が黒海へ出る、あの夢にみるようなケルチの細い海峡に銀河が流れるのだ。あそこも昔のケルチではなかった。

しかし二人とも迂闊なことに、いま立っている河口がドン本川の河口だと勘違いしていることに気がつかなかった。偉大な大河の終わりの河口にしては、平べったくて狭すぎるとは思った。自分たちの存在の小ささを思うと、それでも広大過ぎるくらいだった。アゾフの海に落ちる偉大なドン河の水の悲しみがただよっていたのだ。それもそのはずだった。彼らが眼前にしている弓状の嘴《くちばし》のような砂州に狭められた河口は、そこには無数のカモメたちの帯が白く伸び、しかしドン川そのものではなく、同じようにして蛇行しながらアゾフに落ちる、リカ・ミョールトヴィ・ドネツ川だったのだ。

そうだね、なぜ死んだドネツ《ミョールトヴィ》、リカ、だなんて。リカというのはもしや水の妖精の名じゃないですか。それはルサルカ……、とそう言ったとき、なぜだろう、ユゼフ大尉は、マグダラのマリヤがふっと連想されたのだ、と同時に、聖像画家のセルゲイ修道士の長髪の横顔が見えた。

ああ、セルゲイ・モロゾフ、きみと別れてからもう何年も経ってしまったように思われるけれど、まだ半年にも満たないのじゃないか。戦場には時間がない、時はまったく静止する。苛烈に動いているのに、時間は止る。死んでいった者たちはそれを永遠だと錯誤するのだ。

あるのは勝利でも敗北でもなく、ただ死の影だけなのだ。時間は生者にだけ存在するのだ。きみは生者の世界をもとめて旅をし、いまどこにいるのか、友よ。芸術だけが死を超えるのだ。そう出来るきみが羨ましい。ジェーニャがユゼフのつぶやく嘆声から、セルゲイ・モロゾフという名の美しいひびきを聞いた。すぐに訊き返さなかったが、それが聖なる人、だというような印象が心に残った。

ユゼフ大尉は思っていた。つまりぼくらはシニャコフスカヤ駅で下車した、それから河口に向かって歩き出した。シニャコフスカヤ駅の小さなカフェで紅茶《チャイ》を飲んだ。大きなケーキを一皿とって、二人で半分にして食べた。あのとき地図を見たはずではなかったか。シニャコフスカヤ市街を南に抜けて三キロくらいか、そして緑あふれる草地に入った。最初に出会う川がリカ・ミョールトヴィ・ドネツ川だ。その川だ。それにしても、リカ・ミョールトヴィ・ドネツ川だなんて、いいかい、死の川という意味じゃないか。死んだドネツ川だなんてね。そうだ、それに並んで次が、ギルロ・シローコエ川と、書いてあったではないか。将校地図にね。要するに、広いギルロ、というのだから、河口の分流のことだったのだ。そして、さいごにホンモノの堂々たるドン川の河口だったのだ。

しかし二人にとって、名付けられた言葉はどうでもいいことだった。ただ、ここに立ち、ここを一時だけ流離《さすら》うように逍遥して、それぞれの身の振り方を決めることだったのだ。ハムレットみたいです、とジェーニャ・カサートキンはにっこりと微笑を見せた。アハハハ、盃を過ぎ去らせ給えとでも言うのかい。

実は二人は、きょう、十月三日の一日を、タガンローグ郊外のバラック建ての兵舎をあとにして、三か月ぶりに外出し、タガンローグ中央駅から電車に乗って、シニャコフスカヤという小駅で下車し、紅茶を喫し、それから河口まで徒歩でやって来た。ここまでの遠出は初めてだった。小駅と言ってもいまは亡きソ連邦時代の古風な建築物で、ファサードの両側に花崗岩の階段がある駅舎だったのだ。もちろん海の匂いはした。雪と草のような湿った匂いだ。それが淡水の潮の香なのか、それとも歴史の生臭い匂いなのか。

二人で分けあって食べたケーキはべっとりと甘すぎた。そのときジェーニャ・カサートキンは言った。いいですか、ユゼフ大尉。アゾフ海、その奥のタガンローグ湾のドン川河口のすぐ真向かいにシニャコフスカヤ駅だなんて、なんという幸運でしょう。だって、シニャークというのは、〈青い花〉の意味でしょう。いったいこんな名前の駅なんて世界のどこにあるでしょうか。ロシアにしかないですよ。ユゼフは甘すぎるケーキを呑み込んで笑った。そりゃあ、シニャークは青い花だがね、秋の野辺にいくらでもある花じゃないか。姓にだって、シニャコフとか、シニャコーヴァとかざらにあるんじゃないかな、どこにでもある。青い花はどこにでもある。ジェーニャ・カサートキンは紅茶をもう一杯注いでから、言った。でも、わたしはこの幸運を忘れません。なにしろ、〈青い花〉駅ですからね。そして尊敬するあなたと、こんな甘すぎるロシアのケーキを食べて。一時だけ、あの死霊を忘れて。いっときだけですが……

ユゼフ大尉は言った。おやおや、きみはまるでロマン派の詩人なのかな。で、その詩人が、なんでまたすすんで義勇兵に志願して、こんな醜悪な戦争に来ているのかい？　ジェーニャは紅茶を一気に飲みほしてから言った、ええ、問題はそこなんですが、と言いかけてから、また言った。幸運と言えば、ぼくには奇蹟が起こったのです。ご存知でしょう、とジェーニャは胸ポケットから三つ畳みの鋼鉄製の小さなイコンをとりだして見せた。ほら、見てください。八月の東部戦線にいきなり駆り出されたとき、どこの流れ弾だったかも分からなかったのですが、破片がぶちあたってぼくは失神したのですが、復活した、いいですか、ほら、流れ弾がぼくにぶち当たって、まさにこの小さな鋼鉄のイコンが守ってくれた。ほら、見てください、この《三位一体《トロイィッツァ》》の天使のうち、この左の天使が潰れているでしょう。ぼくはとっくに死んでいたはずだったのです、奇蹟が起こったのです……、で、先ほどの質問ですが、はい、ぼくがなぜ義勇兵になったかですよね。そうジェーニャは繰り返したが、舌がうまくまわらなくなったようだった。ユゼフ大尉、あなたはどうしてでしたか、とでもいうようにジェーニャは問いかけたかったのか。はい、受難と情熱が、ぼくらの言語では一つの言葉で、コインの両面ですからね。裏とでるか表と出るか、それが問題なんです。

二人は無言で〈青い花〉駅の階段を下り、静けさに満ちた通りをぬけて、河口に向かったのだった。そしてついに豊かな緑のあと、突然、見捨てられたような低地帯に入った瞬間、背の低い、烈風で矮化《わいか》されて入り組んだ樫の灌木地帯に出た。たちまちジェーニャは前線の塹壕を思い出していた。海抜ゼロメートル地帯に違いないが、同時にまだ緑なす樫の枝葉は屈強で瑞々しい緑の葉を鎧のようにまとい、あたりの光を反射させていた。動かない小川がわずかに流れ、水は赤さび、朽ちた木小屋さえ夏草の繁茂の中に隠れ、だれかが畑でもやっている痕跡さえあった。

海抜ゼロメートル地帯らしい低地は、この時、突然、二人には、楽園のようにさえ思われたのだった。草の花がどのようにも、どのような種類をも最後の花の栄華を競い合って静かに言葉を交わし合っているのが分かったからだった。二人は歩きながら、それぞれに、花を折るのではなく、ただそっと手で触れるようにして歩いて行った。まるでそれが命に触れているのだとでもいうように。ジェーニャが小声でハミングしていた。

そこを抜けてから、二人は長い土埃《つちぼこり》の悪路を歩き続け、ようやく最初の分流河口岸に至り、ついに、ドン川のすべての水が一日として休まずここまで流れて来て、アゾフ海となる、そのタガンローグ湾の奥まで至ったのだ。

わたしがここに着任したときはもうアゾフスターリは《黙示録》の預言通りの地獄画だ。

そうですよね、知っています。彼らは、遠い昔、レーニンやトロツキーの赤軍と徹底抗戦を続けたウクライナ農民軍のバティコ・マフノらの遺伝みたいにですね。でも、どうしてもわたしには理解できないのです。いいですか、ユゼフ大尉、タガンローグからほんの十キロそこいらで、もうウクライナ国境線が、定規をあてたような直線で、いいですか、おなじ広大な麦畑のなかに画されている。それだけで、もう二つの国家はコンパスでただ直線で画然と分断されている。同じ一続きの大地が、同じ人々がですよ。同じ信仰の人々がですよ、せめて自由な行き来が許容される、せめて緩衝地帯の、国境も民族も超えたような自由な大地があってもいいのじゃあないですか。

ユゼフ大尉には明確に答えられない筈もなかったのだが、こうしていま、西に日が沈み始める十月の初め、いまは、この大自然の中で、人がどんなに小さな砂粒のような存在であるかを確認するのが先決だったのだ。

もちろん、われわれの中には、眼を閉じれば、大自然がすべて自分の中にすっぽりと何百倍何千倍にも縮小されておさまるのだが、いったん眼を開けて世界を見つめれば、じぶんはほんとうに砂の一粒にもあたらないほど微小であって、にもかかわらず、わが砂の一粒の視点から見えるものを、確信をもって言わなければならないのだ。まことの罪とは何であるかを。

しかし、いま、誰にむかって？

リカの河口の嘴《くちばし》状の端に立って、二人はドン川の水の匂い、そして足元に小さな波を寄せてぴちゃぴちゃつぶやいているアゾフの浅瀬をこのままタガンローグの岬まで、イイススのように足で水面を歩いて行けるようにさえ思った。ジェーニャ・カサートキンが砂浜で、ハマボウフウを見つけて、掘りだし、口に噛みながら言った。苦くて甘い。ええ、目算で、直線だとまあ三十キロでしょうね。それから、言った。日は西に沈む。つまり、エヴローパに。うん、ジェーニャ、それで、とユゼフ大尉が言った。ジェーニャは答えた。ええ、問題は、われわれの一番の難題は、エヴローパなんです。劣等感なんです。彼らはロシアをこじあける、開く、しかしただしく発見しようとはしない。発見とは、ただ愛による理解なのだから。いいですか、われわれロシアは、そうですね、いわゆる有識者階級は久しい世紀、エヴローパを範として、自国がいかに遅れて、野蛮で、貧しく、ダメで、内的に堕落しているかを言う。もちろん、そうであるにはあるとしても、いいですか、問題となる現代の怪物《モンストル》は、依然としてエヴローパ起源のまるごと全地球資本主義制なんじゃありませんか。どう思っても、ぼくにはそれにすぐさま屈服しえないような気質、直観、資本主義に服《まつろ》わないような、人間実存の、生の感覚といったものがどうしても最後のところで残るんですね。ここはゆずれない。まがりなりにも、もちろんわれわれはすでにその資本主義の軛《くびき》以外は経験していないのですが。もっと何かある。もっとちがうのだと。ぼくは、光の軛を求めているのです……。軛と言うのなら、光の軛を！

若いジェーニャの声を、日没時に起こる風のざわめきのように聞き、足元で静かに満ちて来る波を見ながら、ユゼフ・ローザノフはまるではるかな祖先たちの反復された嘆きを聞いているような気がした。ジェーニャ・カサートキンの顔は静かで微笑んでいた。二人の影が河口からまるで二つの光る杖のようにのびていた。ユゼフ大尉の中で、〈ロシアはスタヴローギンだ〉、というあの命題がふたたび胸をしめつけた。

リカ・ミョールトヴィ・ドネツの河口で、二人は打ち上げられた流木でこしらえられたと思《おぼ》しいロシア正教の十字架が砂地に立てられているのを見つけた。まわりにはここに集まっていたらしい人々の足跡が残っていた。ええ、何でしょうね。人々が集まっていますね。そう言えば、耳にしましたよ。ここで預言者が説教しているとか。どのみち、偽預言者でしょうが。ユゼフはうなずいた。偽でも預言者はうれしいじゃないか。ぼくらには預言が不足だから。

二人の背後には河口の森が続いていた。二人はその小径を辿った。ジェーニャ・カサートキンの声がしている。で、ユゼフ大尉、雪が来たら、ですか。そうだね、そう思っているよ、とユゼフの声だった。義勇兵は動員兵とはカテゴリーが異なる。自由意思で来て、自由意思で除隊が可能だが、それはたてまえにすぎないが、とそこまで言ったが、ユゼフ大尉は自分の過去の来歴をジェーニャに何一つ語っていなかった。いいかい、ジェーニャ・カサートキン、きみは研究室に戻るつもりかな。さあ、まだ迷っていますが、もう戻れまいと思います。
リカの腰部のどこにも橋は見つからなかった。リカ・ミョールトヴィ・ドネツ川の岸辺は青い花たちにおおわれていて、さらに美しくなった。ユゼフ・ローザノフはつぶやきのように歌っていた。ユゼフ大尉の歌う言葉をきれぎれに聞きながらジェーニャは花の土手を、要塞の跡のような石敷きの道を歩いた。

いつもぼくらは
神に祈ることができる
（いつも恋しいのはこのとおい丘……）
声も言葉も出ないけれど
あふれた涙が話すのだ
（いつも恋しいのはこのとおい丘……）
きみの涙が全世界　きみの涙が全世界

第1章　ミレナ谷

1

ヴァレリー修道士は初夏にウラルのダニール修道院を離れて、ここタガンローグに帰郷した。ちょうどその日、ヴァレリー修道士はタガンローグの名称チェーホフ記念図書館から一冊の本を借り出し、ポクロフスコエのミレナ修道院に戻って来たところだった。

修道院と言っても、実はそこは廃院になって久しかった。煉瓦と石の廃墟だった。それをヴァレリー修道士はタガンローグ地方管轄の聖ゲオルギー修道院に交渉のうえで、自力で修復して使わせてもらう許可を得たのだった。そのことを可能にしてくれたのは、ウラルはフセヴォロド・ヴィリヴァのダニール修道院長だった。必要な限り、当地の信仰者のために働くのだ。棟の一部分は旅人でもあるいは何か夏の家のかわりにもなればいい。隠棲の終《つい》の棲家の心積りだ。帰郷してから一日も休まず、少しずつ廃墟となった修道院の修復仕事に精をだした。近くの村から信者たちが手助けに来てくれる。七十四歳になってからの帰郷であったから、もう身寄りとていなくなっていたし、彼の名を知っている人々もほとんどいなかった。ただ悲しみの故郷なのだ。それでもこの地は故郷なのだ。寂しいにはちがいないが、人の一生はそういうことだとわきまえていた。同郷のチェーホフの子供時代を想い起こせ！

由緒あるタガンローグ市から二十キロばかり北に電車で進み、ポクロフスコエで下車し、そこから愛用の自転車で、廃院に向かうのだった。やがて人家がなくなり、一面の麦畑とヒマワリ畑が広がり出し、まだ夏のように風が吹き渡っていた。ヴァレリー修道士は懸命に自転車を漕いだ。まだ夏の蝶が生き延びて舞っていた。まだ生きようとして花の蜜を求めていた。アゾフの海の水温は、夏場には三十度をこえる。ここに来た当座は、アゾフ海の熱い水温で、少し高台になりやがて低地に落ち込んでいく大地はいっそう暑かった。太陽がさらに焼いた。しかし、今日は、さすがに十月に入って秋風の気配があった。十一月が来れば、いきなり冬が来るだろう。そうなると、アゾフ海の、少なくともタガンローグ湾から奥は見るうちに氷結する。翌春まで二メートルの氷が張る。砕氷船でなければ、航行できない。ドン川が運んでくる厖大な水が、ここの海の塩分を希釈していることになるので、まるで淡水の湖と同じことなのだ。

修道院の門構えは立派なつくりで、朽ちかけず残っていた。ヴァレリー修道士は中庭に入り、母屋の脇に巻いてある薪の山の脇に自転車を留めた。薪の山には修道院の庇がついていた。雨雪にもさほどの影響は受けないのだ。この冬のための薪も彼が日々の労働でまいたものだった。

ヴァレリー修道士のこのミレナ谷廃院は、広大な麦畑の、地平線のその一本道（菩提樹が一本だけ目印のように畑の大地に立っている）を進むと、この大地がどこまでも平坦であったわけでなく、突然のように、隘路のような谷が裂けていて、そのうっそうとした森の中の底辺に、修道院の廃墟が小さな星型になって埋もれているのだった。この修道院の谷に下りて行くには、枯れた倒木や古い木株がそこここにある傾斜地の小径を下るのだが、ここの倒木や枯れ木をヴァレリー修道士は一本ずつ手鋸で伐りだし、斧で割った。

修道院の背後の傾斜地には昔の修道院墓地があって、折々に花をかかえて人々がやって来た。ヴァレリー修道士はにわか神父として祈りを捧げた。淋しい人たちはみな老いていた。一人二人と陽だまりの木椅子で話し込むこともあった。ヴァレリー修道士もその中に自分を数えた。それが彼の唯一の、外界との窓といってよかった。家族の話、葬送のこと、遠くにいる子供らのこと、まだ会っていない孫のこと。体の不調、心の病。それから近々の意味不明の長い戦争の勃発《ぼっぱつ》。これで希望がありましょうか。ヴァレリー修道士はちぐはぐな諺で答えた。ゆっくり乗って行けば遠くまでいける。すると、もう遠くまで行ってもどうともなるまいにのう。ヴァレリー修道士は笑って答えた。行かないと分からない。彼らは信心深かった。ヴァレリー修道士は信心深いというより、神秘主義に近かった。

郵 便 は が き

適宜な
切手をお貼り
下さい

〒101-0064

東京都千代田区
神田猿楽町2-5-9
青野ビル

（株）未知谷 行

ふりがな	お齢
ご芳名	
E-mail	男 女

ご住所 〒 Tel. - -

ご職業	ご購読新聞・雑誌

愛読者カード

ご購読ありがとうございます。誠にお手数とは存じますが、
アンケートにご協力下さい。貴方様の貴重なご意見ご感想を
賜わり、今後の出版活動の資料として活用させて頂きます。

本書の書名

お買い上げ書店名

本書の刊行をどのようにしてお知りになりましたか?

書店で見て　　広告を見て　　書評を見て　　知人の紹介　　その他

本書についてのご感想をお聞かせ下さい。

ご希望の方には新刊書のご案内をさせて頂きます。　　要　　不要

信欄(ご注文も承ります)

自転車を寄せかけたところに、まだ修復中の棟の窓から明るい声が届いた。その声にヴァレリー修道士はほっと笑みを浮かべた。離れの棟からペンキ汚れのエプロン姿でその声は迎えに出て来た。矢継ぎ早に、タガンローグはどうでしたか、お目当ての本は見つかりましたか、お昼は食べましたか、などとその声は眼前まで来た。おお、わが若い友ヴェロニカ、ほら、見つかったよ、とヴァレリー修道士は肩掛けの袋から本を出して掲げて見せた。ヴェロニカと呼ばれた娘はまるで少年のようにしか見えなかった。そしてどこか麦畑や干し草の匂いがしていた。しかも彼女は歯切れのいい発音だった。ロシア語にしては、Eの軟音が、〈イェ〉ではなく、単に硬音で、〈エ〉と発音されるので、ずいぶん古風で、まるでルーシの原初年代記の記述のような発音だったのだ。ひょっとしたら、アゾフ海が故郷のチェーホフもこうだったのかな……。しかしヴァレリー修道士自身も、子供時代には同じような軟音抜きの、まるでギリシャ語みたいな発音で話していたのだったから、自分がこの年齢になって自然に戻って行くような懐かしさを覚えていた。

2

ミレナは切れ込んだ細長い谷間だったので、廃墟の修道院の上を雲がゆっくりと流れて行く。雲の影がかかると、修道院の中庭はいっとき翳り、すぐにまた日射しを受けた。鶏が駆け廻っていた。鶏はヴェロニカがヴァレリー修道士のために実家から運んできたものだった。

ヴァレリー修道士は餌まきを忘れなかった。

二人はヴァレリー修道士の自室に入って、お茶を喫することにした。廃墟になって久しいこのミレナ修道院にはもう電気も、水道も来ていなかった。水はポンプ汲みの井戸があった。もっとも、すぐ近くにミレナという谷川が流れていた。これはアゾフ海にそそぐミウス川の支流だった。ミウス川はミレナ川を入れたのちに、やがて大きな潟《リマン》となり、それからアゾフ海に入るのだ。麦畑の大地には見当たらないたくさんの草花が秘かに咲いていたし、どういうわけか、カモメが一羽ここの界隈をねぐらにしていてときどき飛び回っていた。アゾフ海から迷い込んで、そのまま居ついたのに違いなかった。井戸から水を汲んで来たヴェロニカはいま同じカモメが上空に舞い上がっていたのを見て、わたしみたいだ、と言った。気取ってではなく、口をついて出るようなことだった。ヴァレリー修道士はストーブに薪をくべ、黄ばんだ薬缶をストーブにのせた。

お湯が沸くまで、ヴェロニカは硬いE音がくっきりとした発音で話した。わたしはあの聖像画がとても好きです。室の東向きの窓枠の脇に、それはかかっていた。あのイコンは三位《トロイ》一体《ツツア》のイコンでしょ。そうだね、至聖三者。父と子と聖霊。はい、わたしは、あの天使たちの手が、あの指がおかしくてならない。長くて美しい、優雅な手、長い指、でもとても小さいように見えます。それから、三人とも、同じ角度に頭をかしげてうつむいているでしょう。ほら、柩みたいなテーブルの真ん中に、大きな盃がおいてあって、葡萄酒ですよね。そうだね。そして人差し指と中指とで祝福なさっている。うん、そうだね。あ、もうお湯が沸きました。ヴェロニカは機敏に立ち上がって、ヴァレリー修道士の狭い居室の隅々を知っているように茶箱から茶器をとりだしてきた。そして小さな卓上に茶器をならべ、紅茶を淹れにかかった。香ばしい紅茶が匂った。ヴァレリー修道士は紅茶が注がれた自分の茶碗に、思わず聖像画と同じように右手の人差し指と中指とで、祝福をするとでもいうような所作をした。そう、こんなふうにして。酒杯は、ロシア語では〈チャーシャ〉だよね。はい。鉢型の大きな酒杯には同時に、もう一つの意味がある。ほら、不幸とか困難な禍《わざわい》とか、そのような〈運命〉のことだがね、まあ比喩だがね。それを免れさせたまえと言うようなときに、使う。知っています。だって、死の盃とか、だね。そうヴェロニカが言った。

二人はふうふう冷ましながら熱い紅茶を啜った。あのイコンはだれか有名な聖像画家が描いたものですか。まあ、そう言えばそうとも言えようが、まあ、無名だね。あのイコンは、わたしがウラルの修道院にいたときに知り合った流浪の聖像画家修道士、わが友、セルゲイから餞別にもらったのだよ。セルゲイさん？　そう、セルゲイ・モロゾフと言ってね。わたしは一足先に奥ウラルの修道院を辞して、ここに来た。終《つい》の棲家に故郷をえらんだ。セルゲイも、わたしの発ったあと修道院を立ち去ったはずだが、さあ、いまどこを旅しているのか。戦争の混乱のさなかなのに、あえて西に行くつもりのようだった。この戦争でね、どうなったか。セルゲイはね、小さなイコンをたくさん描いていた。わたしはその一枚を形見として、祈るのだがね。それとなく、画法にアンドレイ・ルブリョーフの面影がある。いいかい、ヴェロニカ、聖像画家が制作するイコンというのは、画家の独自性、個性が入ってはいけないらしい。極端に言えば、古代中世の原型のままに、どんなに時代が進展したとしても、古体を、その細部を、構図を、それらのシンボリズムを、勝手に変えてはいけないことになっている。それにも一理ある。古い形式のままで、はるか未来まで始まりの姿をとどめることなのだろう。いわゆる美術《イスクストヴォ》というのではないからね。しかし一方では、この現代にあって、さあ、これは悩ましいどころの話ではあるまい。しかし、どんなに現代が複雑で、不確定であっても、根本は簡明素朴なのだ。

このとき峡谷のような裂け目の空を、どのようにも変容するが決して変らない本質の雲が、ゆっくりと渡っていくのだった。紅茶を飲みながらヴェロニカは不思議がった。でも、諸世紀はたちまち移り、過ぎ去って、世界も人々も、景色も、とてつもなく早く変わってしまうじゃないですか。そんなことをしていたら時代に取り残されてしまいます。化石になってしまう。すべて進化するんですよ。ヴェロニカは立ち上がってもう一度セルゲイ作だと分かった聖像画を見上げた。運命の酒杯《チャーシャ》がひどく小さく、優し気にみすぼらしく見えた。急にヴェロニカは声をあげて笑った。これほど細密なのに、どこか子供らしい。神父ヴァレリー、イコンって、ほら、わたしたちの時代には当たり前の、遠近法がないように見えます。それなのに、少しもヘンじゃない。遠近法があるようでいて、ない。それでいて、あるようにも見える。背後には、オリーブの木ですよね、可愛らしくて全然迫力がない。いじけた、日本《ヤポニア》のボンサーイみたい。

なるほど、そうだろうか。でも、ヴェロニカよ、あれはオリーブの木でも、無花果《いちじく》の木でもないのだよ、あれはマムレムの木、つまり、樫の木なんだがね、とヴァレリー修道士は言わなかった。

たしかに天使の円光のうしろに、申し訳程度の樫の木の緑が縮れてはいるが……。いや、セルゲイは何の木に花を咲かせようとしたのだろうか。自転車往復の疲れをおぼえて、ヴァレリー修道士は少しぼんやりとなっていた。

遠近画法《ザコン》。二次元の平面に、三次元の立体性を生むこと。そう、視覚の錯覚をもたらすことだ。どうして幼い子供が、三次元の像を平面に描くだろうか。遠近画法とは何だろうか。いや、子供の描く絵でいいということだ。われわれは写実なんかで生きてはいまい。視覚と言語の認識は異なるだろうが、たとえば、いま過去の事象がふっと思い出されるとき、それらはほんとうに立体だろうか。遠近法だろうか。遠近法はわれわれに現実の実体を覚えさせるにしても、それこそ幻想ではないだろうか。時間の中で、三次元の立体性だなんて、たちまちにして、二次元にもどってしまうのではないか。ヴァレリー修道士は暖炉の火のぬくもりで半分居眠りにおちこんでいた。

とおくの丘で、歌うようにヴェロニカの声がしていた。明日は農地の作業の手伝いがあるので、明後日にはまた来ますね。彼にはその声がはっきりと聞こえていた。まだ壊れたままの幾つかの僧房の煉瓦積みが残っていた。それにしても、とヴァレリー修道士はいぶかしく思った。そのいぶかしさが、質問の声で、自分ではヴェロニカにむかって言ったはずだったのに、少しも声にならなかったのだ。ヴェロニカ、もうきみは冬学期が始まったんじゃなかったかい。

3

可愛い賢いヴェロニカは自転車で実家の農場にもう帰り着いた頃だろう。谷間の小さな修道院は十月の夕べの霧がかかり始めた。ヴァレリー修道士の自室に灯りが点った。緑青のかさぶたで覆われた燭台に太いロウソクが燃えていた。

明るいうちはその日その日の日常の仕事にあけくれ、夕べになってようやく人心地がついた。六月にここに入ってから毎日少しずつゆっくりと建物の修復作業にとりかかり、日々の積み重ねで、大事な部分はそこそこに修復がすすんだ。中には、大きな木組みの足台もつくられ、まだまだ壁の修復は進んでいなかった。その足場を組むときに、ヴァレリー・グロモフという奇特な老修道士が廃院を独力で復興させているという噂を耳にして、ヴェロニカの父のゴレンコが仲間を伴って様子を見に来たのだった。修道院の背後の斜面には近隣の住人達の修道院墓地があった。とにかく修道士神父さんがここにいてくれるとなれば、お祈りもできるというものだ。アダム・ゴレンコたちはヴァレリー修道士がタガンローグ地方の出だと分かると、喜んで協力を申し出た。広大な農場の仕事繁忙期の合間に、少しずつ協力者が現れ、修復の用材もそれぞれが寄進してくれるようになった。

とくにアダムは壁が崩れ落ちた壁面の修復に大きな期待を寄せた。アゾフの海と大地にふさわしい壁画が願わしいものだとヴァレリー修道士に力説した。欲を言えば、とアダムは言った。どちらかの壁面には、この地に入植した古代中世以来の諸民族の分け隔てのない聖なる群像画といったものが欲しいものだ。わたしだって祖先をたどれば、けだし地中海のマケドニアあたりから渡ってきた商人らしいですからな。そういう者であっても、なろうことなら聖像画となさしめて欲しいものです。ヴァレリー修道士はそのとき答えた。とにかくまっさらに壁を漆喰でぬりかためておきましょう。やがてここに描く人が現れるでしょう。アダムは言った。へぼ絵描きでは困りますぞ。由緒ある聖ミレナの修道院ですから、それそうとうの聖像画家さんじゃないとだめです。ヴァレリー修道士は大丈夫です、わたしを信用してください。みなと一緒に一輪車のネコで漆喰を運びながら、ヴァレリーはセルゲイ・モロゾフのことを言った。

しかし漂泊しておられて小ぶりなイコン画を描くのと、壁画とでは、まるでちがう大作ですぞ、そんな流れ者のような画僧で大丈夫ですかな。それにいつこの地にやって来るものやら。アダム・ゴレンコは汗を拭きながら言った。唇には、ちびて火の消えた紙巻きタバコが咥《くわ》えられていた。善は急げです、神父さん、いっそそのお方に手紙でも出してみたらどうです。催促せねばならんです。そういった人というのは何しろ待たせるものですぞ。急がせないといつまでたっても筆をとらんでしょう。それが困ったことに、いま頃どこにいるのか分からんのです。こちらの修道院のアドレスを知っておるんでないですか。いや、知らんでしょう。ウラルのペルミで別れたきりですから。しかし、あなたの故郷《くに》だくらいは知っておるんじゃありませんか。ええ、そこにわたしは期待しているのです。いや、必ず、待っていれば、生きていれば、やって来ますよ。やれやれ、これだものな、どだい修道士さんらは、どうも時間の感覚がちがう。永遠に待ち続けるっていうようなね。ヴァレリーは漆喰の桶を足場に運びながら言った。アダムさん、あなたたちだって同じでしょう。毎年毎年、麦を播いて、収穫して、一生のうちに五十回くらいでも刈り入れをしたら、もう残り時間が、どれだけ残っているのやら。アダムたちは、わははと笑った。ま、わたしらは永遠の種子を播いて種子を播いてるってことですかな。修道士さんらは言葉で永遠を語り、祈る。わたしらにとっては、麦の生きた一粒一粒の種子、それがわたしらの言葉ってもんでしょうかな。意味があるようでいて意味がないような。麦だって待たせるが、一年もは待たせない。しかし人はまたせる。いいことか、わるいことか。ワハハハ、待つ心が、その何とやらセルゲイさんを育てるか。

4

いま夕べの灯りをともしたロウソクの炎のもとでヴァレリー修道士は孤独の思いをこういったさりげない語らいの言葉を思い出すことで、淋しさを紛らわした。いや、そのうち、必ずセルゲイ・モロゾフはやって来るだろう。まったく新しい画法を発見して、いや、画法そのものよりも、魂を発見して。ウラルの修道院に流れ着いた時のように。考えて見れば、自分が世俗人であったなら、自分の息子にでもあたる年だ。

ヴァレリー修道士は質素な夕餉《ゆうげ》をそそくさと用意した。パンはおりおりにヴェロニカがとどけてくれる。ヴェロニカの母が酵母のきいた香ばしいライ麦パンの焼き上手だった。これも贈り物の小さな刺繍入りのテーブルクロスの上で皿を二つならべた。スープは香草入りのトマトスープ。チーズ。チーズは手にのせナイフで切った。それからワイン。これもアダム・ゴレンコ家の庭の産物。これはグラスに一杯だけだ。パンにはヒマワリ油。これもゴレンコ家のヒマワリ。きょうはタガンローグ市の店で胡椒の実の入ったマスタードを買った。最後は紅茶。ヴァレリー修道士はこのように、時間を些細な行為によって慰《なぐさ》めて孤独な夕べを凌いでいた。これさえも奇蹟的なことだと思わずにはいられなかった。このようにできることだけでどれほどの奇蹟であることか。空腹のせいで、祈るまえにパンにかじりついてしまってから、やれやれとつぶやき、改めて祈ってから、食べ始めた。ゆっくりと咀嚼した。右奥の上が数本入れ歯だった。やがて食事がすむと、すぐに片づけた。ポリタンクから井戸水をボールに注ぎ、皿と茶器を軽くゆすぎ、綿布できれいに拭き取った。それから再び小卓にもどると、暖炉に薪片をくべ足し、その熾火から食後のタバコに火をもらってくゆらした。ウラルのダニール修道院もそうとう自由だったが、ここで隠者のようになってみると、もう還俗《げんぞく》したのと同じだった。

さて、と彼はひとり呟いた。食事後の仕事はもう決まっているのだ。タガンローグの図書館で借り出したドストイエフスキー全集のうち『作家の日記』の一冊だ。ダニール修道院長の図書室にもあったが、忙しくて手に取る余裕がなかったのだ。このように隠棲しているようであっても、どうしても戦争が心にのしかかっているのだ、この霧を晴らしたい。ヴァレリー修道士は思い出していた。セルゲイたちとともに、動員兵の選別の仕事にかかわった日々の充実感だった。ウラルの奥地の人々のことだった。さてと、一五〇年も前のドストイエフスキーならロシアが起こす戦争をどう考えていたのだろうか。どんな深い根がはっているのか。その地下茎がどのようになっているのか。そうさな、まだ百五十年なのか。まてよ、ロシア革命からだと、まだ百年ちょっとか。やれやれ。一瞬、ロウソクの炎の前で、数千万もの麦の種子が死に絶えたような幻想にとらえられた。暴力的黙示録ではないか。ヴァレリー修道士は胸を押さえた。

本のページを開いた瞬間、彼は思い出した。

そうだった。タガンローグの図書館で、検索してドストイエフスキー全集の『作家の日記』の巻を請求すると、愁いのある笑みを浮かべて司書がすぐに立ち上がって奥に姿を隠した。彼女は手紙を読みさしていたところだった。その手紙がやや斜めにおかれていたので、最初の一行がヴァレリー修道士の目にちらと止った。故意の盗み読みではなかった。〈親愛なダーシャ……〉という書き出しだった。あの司書はダーシャという名だったのだ。紫がかった灰色のもつれた髪は煙るようだった。

それを思い出しながら、ヴァレリー修道士は『作家の日記』のページを声に出しながら数行読みだした。と同時に、いや、これは、書き写しながら読んだ方がいいのだ。ドストイエフスキーの肉声になったつもりで。彼は雑然と日々の小さなメモ書きが端っこに残されているノートの白さの中に、筆写を始めた。〈親愛なるダーシャ…〉——と書かれた筆跡が目に浮かんだ。同時に、ええ、この第25巻ですね、まちがいないかしら、と戻って来た彼女がヴァレリー修道士の眼をまっすぐに見つめて言った声がよみがえった。

いま一瞬耳元に鳴ったのだ。そのあと、ふっと目混ぜするようにして、ついでに26巻目も出してきましたが、どういたしますか。ヴァレリー修道士は思いがけず戸惑った。司書のダーシャは言った。こちらにはプーシキン論がありますよ。それにヴァリアントの篇に、ほら、こんなふうにドストイエフスキーの作家の日記原稿の手蹟がのっています。彼女がそのページを開いて見せた。ヴァレリー修道士は彼女の手指の美しさに一瞬陶然となったが、そっと押しやった。ヴァレリー修道士は心が通じ合ったようなあたたかさを覚えた。彼は心をこめて感謝の言葉を言った。どういたしまして、と彼女は言った。ヴァレリー修道士は、親愛なダーシャ、と彼女の名を言いそうな誘惑にかられてわれながら可笑しく思った。

いま、それを思い出したのだ。彼はノートに、まるでスケッチとでもいうように筆写を始めた。筆蹟は大きかったり小さかったりしながら、蓬髪の草原の一隅であるかのようなノートの余白が埋められていった。百五十年前の声だ。

そのうち急にたえがたい睡魔が襲ってきた。さすがに年だなと彼はつぶやいた。小さなストーブ暖炉の前の椅子に移ってから、眠りの誘惑に逆らい切れなかった。そして夢を見ていた。

ドストイエフスキーの筆蹟の渦のようなその夢が夢の中でもはっきりと解釈されていて、ときどきうつつに戻ると、その夢の情景が、ずうっと昔にもたしかにどこかで見た情景と瓜二つで、しかしそのような情景の舞台など現実にどこにあったとも判然としないものだったのだ。しかし、たしかにそれはじぶんの小さな家だったのだ。じぶんがまだモスクワで外務省の駆け出しの職員であったときのことだ。あのときに借りた郊外のちいさな木造の家だ。そしてその当時ともに暮らしていたマーシェンカがいなくなった。ヴァレリーはどんなに動こうとしても金縛りにあって動けなかった。木造の家は傾いていた。貧しかった。そうだ、タガンローグにあるチェーホフの生家のような家だった。彼は混乱した夢の中で、愛するマーシャ、ぼくはきみを救えなかった、と告解しているのだ。

洞窟のような修道院の暗い小部屋の小窓だった。どっとばかり夢の中で後悔があふれ出て、ミレナ川に流れた。

谷間の上の夜空は星たちがペルミのウラル石たちのように密集して輝いていた。

それが楕円形のアゾフ海になって廃墟の修道院のうえにかぶさってきた。

第2章　雪のように十月は

1

　ヴァレリー修道士の眠りはアゾフ海の浅瀬だった。潮が満ちて来て、淡い悪夢のような波嵩が無言でタガンローグの岬を回り込むようにして湾のくぼみに食い込むのだ。ドンの河口からは恐ろしいくらいの水量がひっそりと満ち溢れて、もう何千年になるのか。細い砂州に自分の足跡が残されている。それもまた波に消されてしまった。自分はだれかといっしょに歩いている。どうやらヴェロニカだったが、もう少女ではないのだ。同時に、紫灰色の髪の、親愛なダーシャの影が寄り添っているのだ。もうつぎの瞬間には、この二人は、三人になって、砂州が刈り入れの終わってしまった広大無辺の麦畑と化して、地平が湾曲し、葉裏を銀色に翻《ひるがえ》してかがやきはためいている白楊《ハコヤナギ》の並木道に立っている。ヴェロニカが言った。どうしてこの直線が国境だなんてわたしは認めない。無意味です。ヴァレリー修道士は遥か彼方を見た。地平線には平底の艀《はしけ》船になった雲たちが目を細めてゆっくり流れている。あの雲たちに国境があるでしょうか。

ヴェロニカは白楊の毛深い幹に背を寄せて言った。ヒマワリ畑は黒々と焼けていた。ヴェロニカは泣きながら自転車を漕ぎ出した。

ヴァレリー修道士はストーブ暖炉の前で転寝《うたたね》の姿勢をよじった。そぐそばで、『作家の日記』は見つかりましたか、何を探していたのかしら。その声ははっきりと、司書の、親愛なダーシャの声だ。いや、すこしずつ書き写しています。また、彼女の声だった。わたしたちは、もう一度もとにもどって考えましょう。いったい、わたしたちの言葉で、〈愛《リュボーフィ》〉とはどういう意味だったのでしょう。

2

その夜は十月の寒さが強まり、それも夜の雨が晩秋の驟雨というより、土砂降りになって谷間に流れ込んだ。不意打ちのようだったがもう十月も二十一日の夜をまたいだのだから、むかしのロシア旧暦のユリウス暦では十月二十五日、ロシア十月革命の日がすぐそこなのだ。いや、新暦だと十三日遅れになるから、あのロシア革命は十一月の七日だったのだ。たしか雪が降り積もった。その寒さでぞくっとしてヴァレリー修道士は目覚め、ストーブ暖炉の前の仮眠から居室の窓際の木造りのベッドへと足を運んだ。そのまま着替えをするでもなく着の身着のままで重い毛布のなかに身を包み込ませた。われながらけものくさい体臭がした。

われわれの集団的運命は、あの一九一七年の二月革命、そして十月のロシア革命から、受難の高揚と失墜とを預言されてここまで至ったのだという思念がさっと過ぎた。百年そこそこか。そしていま現在が現れている。今ごろ若いヴェロニカは夢のような若さでぐっすり眠っているだろう。未来だけしかないのだから。しかしわたしには過去だけだ。その過去の里程標は無限に続いている。荒野の電信柱のようにだ。そして唸っている。その悪夢をひきずって覚えているのだ。民族の記憶だ。その民族と言っても決して一枚岩ではない。われわれは溶岩の多様な鉱物の塊なのだ。世界のあらゆる祖先の民族の血が生き延びるためにこそまざったのだ。ああ、たとえば、司書の親愛なダーシャは、父母いずれかの祖先がユダヤ系であるべきだし。あるいはヴェロニカは地中海系の血脈であっていいし、そしてこの自分は草《ステ》原《ーピ》のタタール系の……、血ではないのだ、血ではなく、愛なのだ……、というようにヴァレリー修道士は混沌の渦に呑み込まれた。頼りになるのは、死と愛なのだという預言者の声が響き渡った。激しい雨が渡って行ったのだ。

　それから彼は眠りに入ったが、ペチカのまえで筆写したドストイエフスキーの『作家の日記』一八七七年の四月から八月までの第25巻目から、四月の項で、その第一章の一、「戦争、われわれはだれよりも強力だ」の冒頭がまざまざと聞こえだし、作者の畳みかけるような言葉の肉声が聞こえだした。するとイコンがかかっている居室のコーナーのあたりにぼうっと灰色の姿のような形が見え、すぐにその声がタガンローグの図書館の司書だったのが分かった。はい、この第25巻目は、一九八三年四月刊行ですよ。ええ、第一刷りが三万部。そうです、全部で五万三千部ですよ。そう、ブレジネフ書記長の死去の年だったでしょうか。そうですね、そう、そのあと二年後でしたか、ゴルバチョフが書記長になる……。そうだ、ブレジネフ政権のおわりと同時にわたしは外務省を去ったのだ。五万三千部だなんて、凄いですね。30巻全集ですね。ええ、でも、わたしらのチェーホフ全集にくらべたら、全30巻のアントン・パーヴロヴィチは三十万部ですから、さあ、どうかしら。イコンの下の闇の中で司書のダーシャの声がちぢれた青い灰色髪になって見えた。ヴァレリー修道士はまた眠りに落ちながら、ドストイエフスキーの明朗な、高音の澄んだ声を聞いていた。まるで子犬を腕に抱きながら話しているような声だった。

宣戦布告がなされた。もう二週間になる。ほんとうに戦争が始まるのか。賛否と疑いの問いかけがはじまっているのだ。これは長い外交交渉の遅延によるというよりは、人々は疑ってかかっているからだ。本能的な感覚なんだ。みんなはこう感じ取っているのだ。なにか決定的なものが始まったのだ。これまでの長い、長期につづいて来た以前のものの一つの終わりがやって来たのだ。そして何かしら全く新しいものへの第一歩がなされているのだとね。これまでのことを真二つに打ち壊して、新しい生へのために従来のものを刷新し、生まれ変わらせるようなものへの、第一歩が行われているのだと本能的に感じ取っているのだ。その第一歩をロシアが行っているのだとね。しかしこの考えを信用しないきわめて叡智ある人々もいるのだ。本能的な予感はあるのだが、しかし不信は続いている。その疑問はこうだ。ロシア！　しかしいかにしてロシアにはそれが可能なのだ？　いかにして敢行できるのだ？用意はできているのか。たんに物質的にではなく、内的も道徳的にも用意ができているのか。相手はエヴローパだ、言うは易《やす》しだが、エヴローパを敵に回すのだ。ところでロシア、いったいこのロシアとは何者なのか。はたしてそのような一歩が踏み出せるのか。しかし、ナロードは信じている。新しい、革新的な偉大な一歩にたいして用意ができていると信じて疑わないのだ。皇帝《ツァーリ》の宣言を読んでナロードは十字を切り、みな戦争に赴《おもむ》くことを祝した……

ドストイエフスキーの声がヴァレリー修道士の耳にかけ廻り、やれやれこれからどういう論理で決着するのだろうかと、ヴァレリー修道士は百五十年も前の露土戦争の開戦の争論について、これはいまも昔も一歩も進んでいないし、いっそう断絶が深まったのだと思いながら、それでも、老いも手伝ったのか、浅い眠りに流されていた。夢の中は、過ぎし日のことどもで満ち溢れていた。予感という言葉が横顔を見せ、あるいはそこから、預言者《プレドテチャ》という雅語が、断首された蓬髪の預言者の首が浮かんでいた。氷雨が初雪になって谷間を白く覆いはじめた。

3

それでも目覚めた朝はまるで一年でも昏睡していたあとのようで、多くの罪の思いが忘れ去られ、午前の仕事をこなすために廃院の外庭にでて作業を始めた。
トリスティア、tristia いつも恋しいのは、トリスティア——という声が、それはマムレの樫の木の上の鳥の声だったのか人の声だったのか聞こえたように思って見上げたのだった。ダニール修道院にいた頃は、どのように罪ある心であっても、共にいる多彩な仲間たちとの連帯した日々の仕事によって、少なくとも浄められ、生きることへの肯定感へと向かったものを、いまはただ一人だけの廃院の暮らしになってみると、あの難儀ながらも一つの夢があるような混沌とした賑わいが恋しくてならなかった。要するに孤独が絶対的な真空に近くなると、小さな罪咎《つみとが》の茨が心に刺さったままで、そのまわりが化膿しだし、鬱の気持ちが間歇的に噴き出すのだった。トリスティア、いつも恋しいのは……、とヴァレリー修道士はつぶやき、また、神に祈り、今日一日を過ごさせたまえと作業の物質的な手ごたえを頼みにした。身体の動きと熱が、憂鬱の化膿を抑えてくれるにちがいなかった。

空は澄み切った青さに雲たちの流れを航行させていたので、見上げると身にしむ寒さだけれど自分もまた流れに浮かぶとでもいうようだった。もう何年もたったのだ。昨夜の雪はまだあちこちに残っていたが、思ったほど多くはなかった。やがて消え去るだろう。霜にやられた草の花たちはみすぼらしく倒れていた。それとなく潮の匂いが感じられるのは、アゾフ海の風がタガンローグの岬から回り込んでこの谷の裂け目を目指して来ているのだ。鳥たちが芥子粒のように雲間に、ちぎれて光る雲のへりを飛んで行く。空に投網《とあみ》を打っているものたちがどこかにいるのだ。トリスティア、いつも恋しいのは、と、その名を言う前にヴァレリー修道士の声はかすれた。

いつも彼は独り言を言うようになっていたのだ。人恋しくなるようではとても隠者にはなれまいな。何かにつけて、誰かが傍らにいるのか、それともはるかに遠い所にいるのか、そのような見えない形象にむかって、間近にいるとでもいうように言った。それがまた自分自身であるしかないのだが、言葉にしてみて心が安らぐのだ。人中でこんなふうに話していたら、老齢の痴愚行者に見えるだろう。むかしはよくあったものだ。きみも、まだ元気で生きているんだね。ぼくもこうしてどうにかこの齢まで凌《しの》いできた。凌いでは来たが、はたして何の意味があったものやら。いったい、きみはどこにいるのだろうか。きみだってぼくと同じように老いたに違いないが、ありがたいことにまだ生きて、小さな、虫の息といったら、きみは悲しむだろうが、小さな息をして世界につながり、そのことだけでも奇蹟なんだね。生かされているのだ。いや、生きようとしてくれているのだ。ぼくは祈ることしかできない身だけれど、奇跡を信じて、罪を潰し潰してここまで来た。流れて来た。ここが故郷であるというのは現実的に言えばそうだが、現実的にどこにいようとどこで終わりになろうと、ぼくはきみのことを祈っているよ。トリスティア、いつも恋しいのは……。どれほどおおくの借りが、いや、借りなどと俗世の言葉で言うと正確ではないが、きみがこの世にあることそのことが、そのおかげでぼくはかろうじて生きて来られたのだ。もっともきみに一度としてそのような感謝の言葉を言いはしなかったがね。ありがとう、きみは生きてくれている。今日ぼくは花束を贈りたいと思うのだが、だってきみの誕生日だからね。しかし、残念ながらここには花がもう咲いていない。咲いているのはもう晩秋の小さなものたちばかりだ。どなたが植えたものか一面のコスモスの花の野もみな寒さにしおれてしまって風にそよぐ美しさもなくなってしまった。ひまわりの花たちも、黒い円盤になっていまにも断首を待っているようだ。ぼくはここの菜園に残されたポドソルネチニクたちをもう幾つかは収穫した。淋しいときにタネを噛んでちいさな実をたべ、殻をほきちらす。タバコが切れたら、タガンローグまで遠出しなくてはならないからね。そんなときはヒマワリのタネで禁断症状をこらえるさ。いまのぼくに可能なのは、きょうのきみの誕生日のために、豪奢な花束を買って来て、きみの枕辺にとどけることだ。でも、ここにはそのような花はない。あっても小さなマルガレーテとか野の菊とか、麒麟草《キリンソウ》とか、そのような花ばかりだ。タガンローグの市図書館のそばに花屋があって、あそこでは目にも鮮やかな花々がならんでいたけれど、タガンローグまで行くにはたいへんだ。

ヴァレリー修道士は心の中でも、実際に声にだしながらも、そう言い、部厚い手袋をはめた手で、幾つもの作業をしていた。おお、きみに誕生日おめでとう。そうとも、今日はヴェロニカの父たちの仲間たちが壁の修復作業に来るはずだ。面白いね。二つの大きな壁面ぜんぶを聖像画で埋め尽くしたいのだそうだ。何なら地方の素人絵描きにも応援を頼むのだと夢を語っているんだよ。

ヴァレリー修道士は昼の食事のささやかなメニューを思い浮かべながら、手押し車のネコを押していた。本当の冬が来る前にここまではやっておきたい計画だった。というのも、修道士ではあるが、ヴェロニカの父親のようにヴァレリー修道士にあたかも司祭か助祭のような役割を切にもとめる要請があったからだ。ミサも、もちろん教会のような手の込んだものは不可能だが、祈りと説教がなされる一時の至福の時間を求めていたからだった。ヴァレリー・グロモフ神父、ぜひとも、福音書の、イヨアン伝、何章、何節ですぞ、たまらないくらいよきお言葉があるところをですよ。そう言われても、わたしはニセ神父です、とヴァレリー修道士が言うと、彼は、大声で笑った。ニチェヴォー、ニチェヴォー！　それがたてつづけに発せられるので、ヴァレリー修道士はその気持ちになる。自分一人だけ祈って何になろうか。ヴェロニカの父ゴレンコは最初から言っていた。ここの壁に大きな聖像画が欲しい。一日も早くその聖像画家のセルゲイさんとやらに描いてもらいましょう。さあ、ぐずぐずせんで、聖像画家の消息を得られてくださいよ。

いま煉瓦を運んで不意に思い出し、その瞬間に思い出されたことが、アッ、と声に出た。

そうだ、うっかり忘れてしまって、忘れたことも忘れていたのだ。ヴァレリー修道士は言った。まちがいない、やはりタガンローグ市図書館の閲覧室にちがいない。意識に穴ぼこがあったのだ。そうだ、あのとき窓際の席で、二階建ての窓から市街の景色を眺めていた。請求したドストイエフスキーが出てくるまでと思って、手紙を書いていた。ウラルのダニール修道院長への手紙だった。そうとも、書き出しだって覚えている。書くべきことは尽きなかった。便箋は、いつもズック袋にいれてもちあるくスケッチブックの薄い用紙を剝《は》いで使ったのだ。その方が、旅先であるかのように多少文面が整理されていなくても師に失礼にあたらないように思ったのだ。図書館はタガンローグ市中のうち岬に近い場所に陽をあびて立っていた。岬から晩秋の海風が渡っていた。海といってもここいらまで、ドン川などの河口から流入する真水が、すこし干し草のような匂いをもたらしているのだ。窓は閉ざされているので、風の匂いはしないはずなのに、しかし図書館の閲覧室にはどこからか風が入り込んでいるらしかった。窓のすぐ脇で大きなカシワの葉群がまだ濃い緑色を失わずに、今夏の暑さのせいかどうか、いや、アゾフ海の水温が二十度以上にあがっているせいなのか、ヴァレリー修道士の鼻腔はまるで乳くさい匂いに感じられたのだ。

たしかに途中まですらすらと筆記体を走らせた。われらの世代の筆記体はどちらかというとチェーホフたちの時代と少しも違わなかった。教科書的な模範的な書体ではない。ブロック体などは用いない。少し寝かせた書体で、キリル文字ではあるがあたかもローマン・アルファベットのように見えるのだ、そしてそのことが、実は西欧への、防波堤のブロックのように見えるのだ。きわだって、毛むくじゃらで怖そうに見えるキリル文字を引き立たせる必要などなかったし、それでいて字母《アズブカ》はとても経済的で豊麗だった。そうやって、薄い黄ばみのあるクロッキー帖から引きはがした用紙にはアゾフ海の砂州のように手紙の文字たちが並んだ。いまは、ここまでにして、修道院の自室に戻ってからつづきは明日にしようと思って、書き上げた一枚を封筒に入るように四つ折りにして、向かいの席の衝立になっているその縁に置いた。それで一仕事集中して終わったという安堵感で、心が軽くなったと感じたところに、こちらにむかってかどうか、人気の少ない閲覧室にむかって司書台から声が届いて来た。ドストイエフスキーの本が出ました、急いでおいでください。ヴァレリー修道士は、はっとして立ち上がりズック袋を引き寄せそそくさと立ち上がり、そのまま司書台に急いで向かった。そして借り出す本を確認した。それから言われるように、借り出し票に、名前と住所を記載して差し出した。お電話は？　ええ、ありません。おやというように司書が微笑んだのだ。携帯電話でいいのですよ。はい、それもありません。司書はさらに笑みを浮かべた。ヴァレリー修道士は、ヴァレリー・ヴァシリエヴィチ・グロモフと筆記体で書いた。ええ、貸出期限は一週間です。延期したい場合は一度返却なさってからまた借り出ししなおしてくださ い。彼が司書の名前をちらと見たのは、本を出してもらう際に司書台におかれていた読みさしの手紙の冒頭からだったので、もしあの手紙の呼びかけの名がこの彼女であるならば、もちろん、そうに違いなかろうから、ご親切にありがとう、ダーシャさん、と言い出すところだった。気のゆるみだ。というのも、どうかしましたか、というふうに彼女がまっすぐに目を見つめたからだ。ヴァレリー修道士は我ながら可笑しくなった。モスクワの大学時代にこんなことがあったようにぼんやりと思い出されたからだった。あれはたしかレーニン図書館だったかな。おお、そうとも、あれはオーリャさんと言った。ヴァレリー修道士は、もういちど礼を言って、大慌てのような気持ちで図書館を後にした。

どうして書きかけのあの手紙の一枚のことを全く忘れていたのか、自分でもその空白が分からなかった。それを今ごろになって思い出した。帰院してからも、本のページを開きながらも、手紙のことは全く思い出さなかったのだ。いや、たしかに一枚びっしりと小さな筆記体で書いた。それもよどみなく次々に書いた。それにしても、置き忘れたあの一枚の手紙は、落とし物にもなるまい、図書館の掃除人にひろわれて、屑籠行きだったにちがいない。別に誰かの迷惑になるような内容でもあるまい。もし、不都合なことがありうるとしてだけれど、あるとすれば、宛て先のウラルのフセヴォロド・ヴィリヴァのダニール修道院のダニール・ダニールィチ老師の名前くらいだろう。もし書かれた内容のことで、だれかに読まれて怪しまれるようなことと言えば、旧約聖書の「ホセアの書」についての感想くらいではあるまいか。しかしあれでぼくが何を言わんとしていたかなど、判断が付きかねるだろう。ヴァレリー修道士は煉瓦を入れたネコを押して日向《ひなた》に出た。

4

谷間に下ってくる細い道がリボンのように見上げられた。人がたずねてくるなどひどく稀だったので、ヴァレリー修道士はしばしそのまま立ち止まり、耳を澄ませた。彼はもっと耳を澄ませた。もしヴェロニカであれば、あそこの石の道しるべに自転車を寄せかけて走って来る。遠くで何か歌のような調べの声が風にのって、そのときに微かな声がまざっているようだった。それが、まるで自分の中からのように、トリスティア、いつも恋しいのは、……、というように、もちろん女の声で聞こえたのだ。ヴェロニカでないとしたら、誰だろう。その声は、やはり姿は見えないが、間違いなく歌を、ハミングのように口ずさんでいる声だった。おやおや、一体だれだろう。あるいは道に迷ったのかな。しかし、あそこの石《しるべ》には修道院の道だと記されているはずだ。それから空の明るい青さが少し紫色に見えたとき、雲から日が出てぱっと光があふれだした。歌の主らしい人影が逆光になっておぼろに見え出した。それから灰色に見えた。それから淡いトルコ桔梗《キキョウ》の白さになった。そして、こんにちは《ズドラーストヴィチェ》、こんにちは《ズドラーストヴィチェ》！

第3章　落魄《らくはく》

1

細長い谷間は小春日和《バービエ・リエタ》だった。ミレナ川が流れていた。穏やかな日が満ち溢れて来た。雲たちは去って行った。鳥たちは、農婦の夏《バービエ・リエタ》、農婦の夏《バービエ・リエタ》、とかしましく木々を飛び移っていた。ゆっくりとカモメが一羽遊弋《ゆうよく》していた。晩秋にかならずあらわれる女たちの夏の日だった。ヴァレリー修道士が見惚れているまもなく、一人の女性がもう彼の目の前に着地していて挨拶した。彼女は急に中年の灰色髪から少女の薄色の金色の髪になったように、声をあげて笑った。

あらためて自己紹介させてくださいね。ダーシャ・イズマイロヴァです。こちらの新しい修道士様だったのですね。おお。ヴァレリー・グロモフさん。いいえ、ご本を取りに来たのではありません。電話もないのですものね、いまどきなんという時代遅れの暮らしをなさっているんでしょう。はい、やっと今日は休みがとれたので、こうして、ヴァレリー・グロモフさん、あなたにお届けに、と言ってもそれなりの興味もありまして、父の命日でしたから、墓参かたがた。もうここは廃院になってから十年にはなるんですよ。

二人はすぐに打ち解けた。ええ、ほら、坂道の入り口にタクシーを待たせてあるんですよ。ゆっくりはできません。運転手はのんびり居眠りでもしているでしょうがね。さあ、お手紙が先か、それともお墓が先か、と彼女はヴァレリー修道士に問いかけるように言った。おお、おお、やはり、わたしは忘れたのでしたか。いやいや、とんだご迷惑をおかけしました。いいえ、読んではおりませんから、ご安心ください。ヴァレリー修道士は言った。そうですね、何はさておいて、お墓へ……、それから、もしよろしければわたしの庵で、いやいや、隠棲修道士の粗末な室ですが、紅茶の一杯くらい。

ヴァレリー修道士は彼女と一緒に修道院の裏手の坂道に回り込み、修道院墓地に向かって歩き出した。まだキンポウゲの花も、マルガレーテの白い花も、小さな野菊も、むしろ多くは硬質で小さな青い花のシニャークが道に沿って隠れるように咲いていた。ねえ、ヴァレリー神父さん。はい。きょうは何と言う小春日和《バービエ・リエタ》でしょう。そうですね。ヴァレリー修道士は、ここの墓地が改墓されていないのを弁《わきま》えてはいたが、いちいちの墓を知悉《ちしつ》などしていなかった。それでも、廃院の修復作業の合間には、まるで墓守のように、墓地の整備に手をかけていたのだった。ヴェロニカの父たちも、それとなく農作業の合間に、手伝いにきてくれていた。石の墓碑はいいのだが、まだあちらにもこちらにもそうとう古くて朽ちかけた木製の墓碑もあった。生い茂る夏草を草刈り機で刈り取るのも容易ではなかった。それにマラリヤを媒介する蚊が多いので油断がならなかった。さて、ダーシャのイズマイロヴ家の墓碑のあたりはどうなっているだろうか。修道院墓地は谷間の底にあるのではなく、少しでも高くて日光が恵まれるように、修道院の裏手から登って行くのだ。ヴァレリー修道士が後ろになった。彼には彼女の家の墓地の区画がまったく分からなかった。それでも、ところどころに、お参りに来ていることが分かる、花束が萎《しお》れて墓碑に寝かせられているところがそこここに見かけられた。そして彼女が左手にさげていた紙袋には花束が入っていた。ヴァレリー修道士は思った。間違いなく図書館のすぐ隣の花屋で買ったのにちがいない。南国にみかける大きな白ユリ。そして、白い菊。豪奢で清楚な天使とでもいうような白いユリの花が強く匂っていた。ええ、ここですよ、とダーシャ・イズマイロヴァが言った。この一角は夏のうちに草を刈ったおぼえがあった。

平たい御影石の墓石が地面に置かれて、そこに故人の名と生年没年が刻まれている。その後ろに青みがかった自然石を組み合わせたような十字架が立っている。区画は仕切ってあった。墓碑の四囲《まわり》は低い野茨の垣根になっていた。そこに入るとき、狭い小さな生垣の小径に入るようだった。おお、ここは、たしかにのぞいたことがあったではないか。ヴァレリー修道士は思い出した。そして曲がると、墓碑だったのだ。墓碑のプレートを前にして、木造の横長のベンチがあった。かなり坂道を辿って来たので広くなった空に雲が流れていた。アゾフの海へ行くのか、アゾフから来た雲なのか、空の高さで雲の色がちがっていた。ダーシャ・イズマイロヴァはヴァレリー修道士がそのうしろに立っているのをふっと忘れたかのように、携えてきた大きなユリの花一輪を、御影石のプレートの名の上に横たえ、それからもう一輪を、その隣にある一回り小さな御影石の上に寝かせた。父にも母にもユリの花、と彼女は言った。

ヴァレリーは修道士ではあるけれども、こういう場合に、これはもう久しくウラルのダニール修道院でも行なってきたが、神父かあるいは助祭とでもいうように、祈りの言葉を唱えることに馴染んでいた。彼女が跪《ひざまず》いて祈っているかたわらで少し離れて彼は立ち、よく通る声で祈りの言葉を唱えた。イイスス・フリストスの言葉を思いながらだが、ふっと今の場合は月並みではなく、なにかもっと心に沁み込むような言葉をと思ったのだ。そして彼は空の雲にも、この生垣の野茨の実にも、棘にも、聞こえるようにと思いながら、そして今はもっとも自分に言い聞かせるようにと思いながら、暗唱するままに唱えた。

〈たとえ　我もろもろの国人の言葉と御使いの言葉を語るとも、愛なくばうるさく鳴りひびく鐃鈸《にょうばち》の如し　たとえ我預言するちからあり　またすべての奥儀とすべての知識に達し、また山を動かすほどの大いなる信仰ありとも　愛なくば数うるに足らず……、愛は寛容にして慈悲あり、愛は妬まず、愛は誇らず、驕《おご》らず……げに信仰と希望と愛と

この三つの者は限りなくのこらん、しかしてそのうちの最も大いなるは愛なり……、愛を追い求めよ……〉

それは低い声だった。ヴァレリー修道士はそこまで唱え、アミーニと唱え終わり、やれやれと気恥ずかしくも覚えながら、木のベンチに腰を下ろした。ゆっくりと振り向いたダーシャ・イズマイロヴァは立ち上がった。それから傍らに掛けた。ユリの芳香が流れてきた。彼女はそのままの姿勢で、墓碑を見ながら言った。

ええ。コリント前書なら、少し憶えています。……、我らはことごとく眠るにはあらず、終わりのラッパの鳴らん時、みな忽《たちま》ち瞬く間に化せん。ラッパ鳴りて死人は朽ちぬ者に甦り、我らは化するなり。そはこの朽ちる者は朽ちぬものを着、この死ぬる者は死なぬものを着るべければなり。この朽ちる者は朽ちぬものを着、この死ぬる者は死なぬものを着んとき、《死は勝ちに呑まれたり》と録されたる言葉は成就すべし……。

こうだったかしら。ええ、もう若いひとたちは何にも覚えていないでしょうね。そう言って彼女は目をあげた。パーヴェルの言葉ですね。ええ、わたしの両親もきっと死なないものを着たんだと思います。そうじゃなくって？　そうでなければ、わたしたちはみな虚無主義の奈落しかありませんから。わたしたちって、ただ土に還るだけでいいのでしょうか、たしかに土に似ているけれども、天に属する者の形をもちなさいとパーヴェルが言っているんでしょうね。若かったときは、ただ土に似ていればそれでよいと思っていたのですが、こうして、残されてみると、少しは天に属する形が願われてなりませんわ。そうでしょ？

ヴァレリー修道士は、そうですね、とだけ返した。小春日和《バービエ・リエタ》の静かさがあった。そのとき一瞬ヴァレリー修道士は、自分のとなりにだれもいなかったのではないかというような、不思議な感覚に捉えられた。が、隣には彼女が掛けていたのだった。彼女は時計を見てびっくりした。谷間の上にタガンローグのタクシーを待たせてあるのだ。ええ、どのみち昼寝でもしているでしょうが。さあ、ヴァレリー神父さん、親愛な修道士ヴァレリー・モロゾフさん、忘れ物のお手紙を、今度はわたしが忘れるところでした。彼女はタガンローグ図書館の公用の封筒に入れた彼の書いて置き忘れた手紙を手渡した。いまどき、可笑しいわね、電話もなし、スマートフォンもなしだなんて。時代遅れの化石、マンモスの子供みたいじゃありませんか。そうね、わたしの父だって、生きていたら同じだったかも知れないわね。

ダーシャ・イズマイロヴァは、墓地から修道院の裏手に下らずに、そこからまた上に登って行ける小径を通り、振り返り、手を振った。平地の道路まで登って行くのをヴァレリー修道士はしばらく眺めていた。そこに金色の小さな雲が少女のように光っていた。彼はドストイエフスキーの本を返すのを忘れた。いや、その暇がなかったのだから、と自分に言い聞かせた。

2

小春日和の日があと一日二日でも続くのか、空の晴れるのが一時でもどんなに心を立て直してくれるかほっとしながら、手仕事のように修復の労働に根気よく励むのだったが、ただ一人夜の眠りに就く頃は、次々にまるで悪霊たちの群れでもあるかのように、過ぎ去られたはずの過去の事象がさらに生々しい像になって眠りに現れた。善き記憶を、悪い記憶が圧倒して勝利した。現実に起こった歴史の流れのなかで彼自身が経て来た堪えがたいほどの苦難だった。それらはみなすでに終わって解決済みだったはずではないのか、しかし、それらの経て来た事実は決してどのようにも、黒板の文字のように消してしまえば、もうどこにもなかったことのようにはいかなかった。想起の息を吹きかけるとたちまちそれらの事実が息を吹き返すのだ。そんな夜には一心に祈ることなのだが、祈る言葉によって、それらは鎮まるものではなかった。歴史の中に否応なく、生きている限り投げ出されてある小さな個人としてどうしようもないことだった。

この夜もまたヴァレリー修道士は老齢に拘らず、いや老齢故に、と彼自身は思い直したが、自分のこのような一生の始まりから、そののちの生き方や運命について、胸が締めつけられる息苦しさであれもこれもと思い出されて、その悪夢の渦に呑み込まれるのだった。とにかくここまで生きては来たが、はたしておまえは何を成就したというのか。ただただ、歴史の中を定められた運命のようにその糸にひかれてここまで来てしまったということではないのか。この美しい市であるタガンローグはたしかにお前の故郷ではあるが、しかし思い返せ。おまえが生まれたとき、おまえの父は生きてドイツの収容所から帰還出来て帰郷し、戦後の数年をタガンローグで平和に過ごしたが、或る夜に突然黒塗りの車がやって来て、父は逮捕されたのだ。そしてシベリアの収容所に送られ、そこで病死した。それが明らかになったのもずっと後のことだ。わたしには父の生きた記憶がない。似姿は、生前の母の思い出話によってだけだ。戦後のタガンローグはドイツ軍によって占領され、廃墟となり、ソ連赤軍によって奪還されたが、おまえはそのような戦後にようやく物心がついた。母は妹とおまえをともなって、父の兄である叔父をたよってタガンローグを離れた。遠い遠いカザンだった。冬の古都だ。あの冬の旅は悲惨だった。カザンで妹は三歳で死んだ。

ヴァレリー修道士は母の言葉を忘れない。おまえはただ一人になってしまうが、わたしたちの分も生きて、無名でいいのだよ、わたしたちのこと、この小さな歴史の証言者でありなさい。でも、わたしのことは忘れても、おまえの父の名は忘れないように。父は神さまみたいな人だった。だれもがそう言っていた。ヴァレリー修道士は父を写真でしか知らなかった。雲のような人だったのだ、と幼い頃ヴァレリーは父のことを思った。わたしたち一家は、母とわたしと妹の三人は叔父を頼って、はるか北のカザンに移った。母は病院の掃除婦になって働いた。市の場末のバラックの長屋の一室で暮らした。妹が亡くなり、母が亡くなった。

結核だった。

ヴァレリー修道士は浅い眠りからさめて思った。一体、このようにして人生とは何なのか。人間の夥しい営みの堆積による目に見えない歴史の怪物によって、われわれはただ翻弄されて生きているに過ぎないことになるのではないのか。わたしは何としても、おのれの本体を見せない歴史の軛《くびき》から逃れる術を手に入れたかった。母の死後、孤児ではあるが、幸いにも篤志家の援助を得、働きながら夜学に通い、さらにその先へ進むことができた。われわれの戦後は、さまざまな意味で、戦争孤児であふれかえっていた。彼らは彼らで必死になって生き延びていた。わたしはカザン大学に入学した。われわれの青春は戦後ロシアの厖大な死者の大地で、混沌とした華やかな受難のさなかに花開いたのだった。ソ連邦ロシアこそが全世界を救うことが出来るのだというように、高揚したメシアニズムがあった。先人たちのロシア革命の新しい再生のように思われた。

しかし、わたしは何をどう間違えて、挫折の果てに、ここまで至ったのだろうか。ヴァレリー修道士はまるで荒野に蹌踉《そうろう》と足を引きずっている老人のように我が身が見え出した。夜明けに起き出し、僧院の外にでて、暁の明星のヴェニェーラがひときわ明るく輝いているのを見つめた。廃墟の僧院もまんざらではない。とにかく修復するのだ。祈りと瞑想のオアシスにするのだ。今日も天気はよくなる。金星《ヴェニェーラ》はまるで何事か言葉を言っているように煌《きら》めいていた。ヴァレリー修道士は思った。いいかい、人間の歴史も、自分の歴史も、それらの躓《つまづ》きを、もう思い煩《わずら》うことはない、ただ神なる宇宙の謙虚な僕《しもべ》のように、日々、小さくても自分の石を運び上げることだけが大事だ。わたしが生きるこの現代の歴史とは、幾千万の先人たちの犠牲によってなされた恐るべき事実と、その虚構なのだ。真の歴史家の使命は、その捏造《ねつぞう》の虚構を解体すること、そして新しい物語を見出すことではないのか。

ようやく谷間に射しこむ日を半身にうけてヴァレリー修道士が窓辺で頬杖をついているところへ朝早く遠慮なく入って来たヴェロニカは心が高ぶっていた。ヴァレリー修道士は言った。賢いヴェロニカ、きみは大学にはもどらなかったのかな。ヴェロニカは微笑む。冬学期は休学します。落第は覚悟です。わたしにはもっと考えるべきことがある。学ぶべきこと、と言い換えてもいいでしょう。大地と人生について、未来について哲学的に思索しておきたい。だって、そうじゃないですか、大学は有益であるけれど、わたし個人としては、知識よりももっと生きる現実の感覚、生の基本について、自然と大地から、人々の現実から学んで考えておきたい。書物的な知識はその上でゆっくり吸収したい。ええ、わたしはほら、知識人の家庭の子弟なんかじゃない。農業者の子だからね。土と水、草原と麦畑の匂いの出です。眼もくらむような知識へのあこがれは、もちろん眩暈《めまい》がするような憧れと誘惑だけれど、それはもっとあとでいいのです。当分わたしは畑のライ麦です。

　彼女はヴァレリー修道士の前の小卓にむかって腰かけて身を乗り出して話し始めた。ヴァレリー神父、聞いてください。ドン川の河口に、ドンスコイと名のる痴愚行者じみた人物が最近どこからともなくやって来て、いつのうちにか、預言者イヨアンと呼ばれるようになった。彼の説教を聞きに来る人々がしだいに増えた。スマートフォンのアプリで、世界中に動画まで出回っている。もちろん、預言者ドンスコイさんは、見かけは冴えないただのおじさんみたいなのに、いったん詩のような言葉で話しだすや、火のように燃え立ち、黙示録的な言葉がとくに若い人たちや聴衆の心を虜にしているのです。いいえ、これまでのいわゆる反体制派的な政治言語なんかじゃないのです。ヴァレリー修道士は言った。おやおや、で、賢いヴェロニカ、きみもひょっとしたら、聞きに行ったのだね。彼女の黒目がきらめいた。もちろんですよ、それでね、だって、ひょっとしたら悪霊が化けているのかも分からないじゃないですか、いいえ、わたしはぜんぜんそうは思いません。彼は正真正銘の預言者です。それで今朝は、思い切ってわたしはお誘いに来たのです。新興宗教の教祖でも、カルト教でもありません。たった一人です。ええ、若い女性の助手が一人ついていますが。二人で、とくに南部の地方を巡り歩いていたようです。

　ヴァレリー修道士はヴェロニカの生き生きした顔に見惚れた。と同時に、ダーシャ・イズマイロヴァが言った言葉を思い重ねていた。電話もテレビも、スマートフォンもなく新聞雑誌も読まずに、時代に取り残されるじゃありませんか。今をこそ生きないとマンモスの化石、というような言葉だったではないか。うちの図書館には最新の新聞雑誌はそろっています、時折まとめ読みにいらしてください。そう言ったではないか。だが、いまわたしに最新の時代の情報など本当に必要だろうか。これまで生きて来て、今を直ちに過去へと野辺送りして埋葬したすべての事象と人々の命と縁を、今ここに呼び出して祈ることで、わたしはもう十分な年齢にいたったのだ。過去の事象を、見重ねることが優先するのではないか。実際のところ、いま意図的に流されている情報というのは、後になってどれほどついには虚偽でしかなかったと判明されるのではないのか。いまさらそんな情報は要らないな、そう思った瞬間、ヴェロニカがヴァレリー修道士の手を取って、今日これから絶対一緒に行きましょうと誘ったのだ。ヴァレリー修道士は嬉しく思った。

やれやれ、悪霊の誘惑といったところだが。預言者イヨアン・ドンスコイとはね。わたしの想像では、そのドンスコイとやらいう預言者は、こうじゃなかったかな、とヴァレリー修道士は言った。顔は面長で、それとなくイイスス・フリストスに似ている。穏やかな眼は謙虚で、とても優しい。淡いひげは伸ばし放題だが、ちゃんとくしけずってある。長い髪ももじゃもじゃの蓬髪じゃない。身に着けている皮衣《かわごろも》だって、腰を荒縄で縛っていない。裾長の毛皮の寛衣《カフタン》でね。裸足にサンダル履き。足は細い。とても女性的で優雅だ。手には巻物をもっている。羊皮紙だろうか。で、彼の背後に遠く下方に、ヨルダン川が蛇行している。わたしの知っている預言者イヨアン像は、こうなんだが、そのイヨアン・ドンスコイはどうかな。そう言ったときにヴァレリー修道士は、突然にも聖像画僧のセルゲイ・モロゾフの顔を思い出して口に出した。やれやれ、セルゲイ、きみは今どこにいるのか。ヴェロニカが言った。ええ、知ってます、セルゲイ・モロゾフ、聖像画の修道士さんですよね。わたしたちの修道院の壁画を描いて下さる約束の。父たちが今かいまかと待ち望んでいる方。

ヴァレリー修道士は預言者《プレドテチャ》という今ではほとんど死語になった言葉に惹かれた。そのドンスコイは、どんなことを宣《のたま》わっているのかな。甲高い黄色い声でかい、それとも朗々たる青銅のごとき声かな。いいえ、ヴェロニカは笑った。全然。だって、最初は吃音で、もごもご詰まって、それからが、声は低く歌うように。でもそれがとってもいい。どんなことって、このあいだは、そう、いまの戦争について。〈クソったれ、冒瀆者よ、モナリザの戦争よ！〉って火が付いたように叫んで……。それを聞いてヴァレリー修道士は何を言っているのか分からなかった。何だね、そのモナリザの戦争というのは。はい、わがロシアのドンのことだと分かったら笑ってしまった。だってね、ほら、どことなくモナリザに似ているでしょ。あの謎めいた微笑。モナリザを男にしたらね、わがプーレジデントってとこでしょ。おお、禿げたモナリザよ、洞窟の中の小さなドラゴンよ。ヴェロニカは真似て見せた。御身はやがて修道院に幽閉されよ、しかして死ぬるまでロシアのナロードのために祈れ！

3

まだ午前は早かった。

ヴァレリー修道士はヴェロニカに誘われて一日の遠出をすることになった。僧院からポクロフスコエの小駅まで自転車で行き、それから電車でタガンローグ市まで行く。中央駅からまた電車に乗り換えてシニャコフスカヤ駅で下車し、ドン川の河口まで歩くのだ。タガンローグでは図書館に立ちよりたいと思ったが、日帰りではそんな余裕はない。ヴァレリー修道士は遠出に用いる牛殺し《カマツカ》の喬木でこしらえた巡礼用の細杖を携えた。御守りのような杖だ。ここに来てから、心を無心にする手仕事にと、バラ科の喬木が修道院の谷間に生えていたのを幸いに、撓《しな》る脇枝を切ってきて、素朴な巡礼杖をこしらえていたのだった。河口の葦原でもなぎ倒せる。二人は支度を整え、僧院の坂道を登り、自転車にまたがって、小春日和の温和な光のそよぐ中をポクロフスコエまで走った。周り一面、起伏のない広大な大地の畑だった。地平線には小さな雲たちが羊の群れのように導かれていた。先を行くヴェロニカはその雲の羊たちの少年牧人のようだった。

4

年々《としどし》、歳月は過ぎ去った、きみよ、今日は祝祭のようだ、きみが預言者になって生きのびていたとは。われわれはみな例外なく時代の船から投げ出されて、年々は終り、われわれは零落し、やっとのことで預言者に、それも偽預言者になって現れたのだ。同志たちは一人一人、それぞれの仕方で、明らかに自殺志願者であったとでもいうように、異邦に斃《たお》れた。おのれのためには欲をもたず、人々に献身するために、命を捨てた。一粒の麦の種子は花咲き、実ったのか。ただおおいなる悲しみだけを生み出したのではなかったのか。いや、そんなことはあるまい、というのも残されたきみたちの子らの世代が、きみたちの零落を乗り越えて、ほんの少しだけでも前進したのだから。きみたちの子らはそのうちに世代を重ねて興亡し、ふたたび現れるだろう。一人の少女が、一人の少年が、わたしがその子ですと名のって訪ねて来るだろう。

自転車でポクロフスコエまで着いたヴァレリー修道士は、さすがに少し疲れて、電車がタガンローグ駅に着くまで、ヴェロニカの隣で居眠りにゆられていた。揺られながら、もう数百年もこうして乗っているように思われていたのだった。異邦で斃れた友も、自国の情況の中で斃れた友も、またかろうじて生き残った友たちも、電車の音に揺られて甦った。とくに、父の国をたずねてはるばるやってきた少女の悲しみはヴァレリー修道士の胸を突いた。うつらうつらする小春日和の、この二度とない一日の電車の中で、ヴァレリー修道士だけの過去の世界が現れていた。

いま彼はモスクワに向かうところだった。タガンローグからモスクワに向かうところだった。いや、そんなことはない。わたしがモスクワに向かったのはカザンからだったのだから。それでも間違いなく彼は、ウクライナのハリコフ経由でモスクワに向かっていたのだった。クルスク、オリョール、ムッツェンスク、そして夜明けのトゥーラ。さようなら《プロシチャーイ》、という言葉。二度と出会うことのないことを、赦してくださいという言葉だったではないか。

ヴェロニカに起こされて我に返ったときは、もうタガンローグ中央駅だった。慌てて起きて、ヴェロニカのあとを追いかけた。

日に輝く駅の階段をのぼりながら、ヴァレリー修道士は岬から流れて来るアゾフ海の匂いを吸い込んだ。それからロストフ・ナ・ドヌー行きの列車に乗り込み、やっと安心が出来た。天上の高い光のドームの喧騒も、プラットホームを行き交う人々の無言劇の雑踏も、ヴァレリー修道士を安心させた、久々の遠出になるのだ。ロストフ・ナ・ドヌー行き列車の車室は席が柔らかかった。ヴェロニカが言った。ヴァレリー神父、父もおなじです、お年になると、フッとした加減でたちまち過去に引き込まれてしまいがちです。いま生きていることを度忘れしてしまうんじゃないでしょうか。さあ、気合を入れましょう。何と言っても、これから預言者に会うのですから。未来を考えなければいけないのです。ヴェロニカの言葉にヴァレリー修道士は苦笑しながら、然り《ダー》、然り《ダー》、と言った。右手に海を見ながら列車は走り、幾つ停車したかも覚えがなく、シニャコフスカヤ駅で二人は下車した。すると同時に五輌編成のあちこちから若い者たちがどっと下車した。身形《みなり》が派手だった。徴兵も、動員も免れたような年頃に見えた。それから初老の男女も混じっていた。そのあと、駅舎のカフェに立ち寄ってお茶を飲んでから行くことにした。

ヴェロニカは注文のお茶がくると、渇いた喉を一気に潤してから言った。それからケーキを追加で注文しに行き、太った店主と言葉を交わしてから戻って来た。やはり預言者ドンスコイを聞きに来ている人々が、もう三十人はここに立ち寄ったというのだった。ほらごらんなさい、とヴェロニカは満足そうに言いながら、ケーキを平らげた。偽預言者だろうね。ヴァレリー修道士は言った。いかにもロシア的だ。はい、ニセモノだっていいんです。その言葉が真であれば、勝利するのです。ヴェロニカは次第に気が高ぶってきているのだ。

5

二人は小さな市街を横切り、河口地帯に向かった。ヴェロニカは道を覚えているという。いいですか、ヴァレリー修道士、預言者の名がドンスコイだからといって、ドン川の河口で預言を提示するわけじゃないのですよ。ドン川の河口にはここからは無理です、いちばん端っこの河口ですからね。そうじゃなくて、ここからいちばん近い、リカ・ミョールトヴィ・ドネツ川、その河口なんですね。なるほど、分かった分かった、ヴェロニカ。要するに、ドン川が一番西の河口というわけだね。そうです。でも、ドン川の一族ですね。死んだドネツ川、という意味だね。まあ、ドンの分流河口だろうね。しかし、死んだ川だなんてね。ふむ、瀬替えでもしたのかな。河口地帯にはいると、ヴァレリー修道士は牛殺しの細杖を巧みに使った。進むうちに荒涼たる河口地帯が砂丘にでもなって広がっていると思ったのに、まるでここだけは黄金秋の盛りで、豊かな夏の木々が丈高く緑を光らせ、鬱蒼とした梢の成熟した緑、上空にはカモメたちが悠々と遊弋《ゆうよく》している、晩夏の楽園の姿を見せたのだった。

ほら、見て、あそこよ、とヴェロニカが言った。リカ・ミョールトヴィ・ドネツの河口だ。そのすぐ手前に突起のような小さな入り江が見えた。すでに人影がちらちら集まって光っていた。さあ、急ぎましょう。ヴェロニカはヴァレリー修道士の腕をつかんだ。緑の楽園から出ると、河口の水が匂い、カモメの群れが白い刃を交えるように狭い河口の上を舞っていた。ヴェロニカは金色のスマートフォンを取り出し、素早い指の動きで検索していた。ヴェロニカは言った。でも、これはね、結構危ないんだよね。書き込みなんかするとね。ヴァレリーにはそれとなく分かった。もちろん、集まる人々のなかには、保安庁の吏員が潜り込んでいるはずだ。彼らが秘かに撮る写真画像が危ない。いつどんな証拠にされるか分からない。若者たちは、ライブの感覚かも分からない。結構うきうきしている。ヴァレリー修道士は自分の僧衣の身形《みなり》からいっても際立っていたので、苦笑せざるを得なかった。彼らはヴァレリー修道士を預言者の仲間とでも見ているらしい。

巨木になって空にそびえているギンドロの幹に二人は手を添えた。河口は目の先にあった。アゾフ海は灰色に光っていた。艀《はしけ》が一艘、水平線に流木のように揺れていた。右手に、入り江の砂州に流れ寄った漂流物の白骨を重ねていた。もう二人は、預言者の舞台近くに陣取っていたのだ。集まった人々は次第にふくらんできた。砂地に若い者たちがてんでに坐った。ヴァレリー修道士たちはその後方に年輩の人々と一緒に立ったまま前方を見た。左手に流木を組んだような十字架が見える。そこは小さな日陰になっていた。というのもそのそばに、ひどく可愛らしい樫の若木が立っていて、さあ、どういうことでこの砂地に生えて生き延びたものなのか、梢には手のひらを幾つも重ねたように緑の葉をのせていた。幼い樫の木は幼子のようにうっとりとしていた。ヴァレリー修道士は見惚れた。どこかで見たように思ったのだが、そのときヴェロニカが言った。もうはじまります。人々が騒《ざわ》めいた。あたりを見回すと、総勢、まずは五十人そこそこの数だろうか。少し離れた後方には明らかにとヴァレリーは経験上すぐに気がついたが、帽子を目深にした保安庁の男たちが立っていた。ヴェロニカが言った。このあいだも来ていたわ。出来損ない《ニェダチョーパ》のイワンたちよ。

艀の姿がいなくなった。どこからかかすかに風のメロディアが流れてきた。そうだったな、わたしが外務省勤務を投げうったのは、われらがソ連がアフガン侵攻して三年目だったではないか。派遣された現地から帰ってきてからのことだった、と脈絡もなく思い出した。となりでヴェロニカが言った。ねえ、ヴァレリー神父、預言者《プロローク》って、どういう意味かしら。いまふっと気がかりになったの。ただ旧約聖書にあるような預言者のこと、あるいはほら、新約、イイススに洗礼を施したイヨアン、西欧でいう洗礼者ヨハネのことですよね。おやおや、とヴァレリー修道士は困惑した。わたしは偽修道士みたいなものだ、ついぞ考えたことがなかった。でも、預言者《プロ・ローク》、という言葉は、こじつけになろうか、〈プロ〉という接頭辞は、〈…に代わって〉という意味もある。神に代わって、〈ローク〉する、つまり述べる、ということだろうかな。しかし、〈ローク〉という言葉には、ほら、〈運命、宿命〉の意味でもよく使われる。だとすれば、この〈運命《ローク》〉には、両面がありそうだね。善き運命の希望と、そして悲運というような。で、預言者は、これを予め神から預かって述べるということになりそうだがね、いや、老修道士のこじつけだ。ヴェロニカはスマートフォンをいじっていた。〈偽預言者《ルジェ・プロローク》〉、〈異端説教師《ルジェ・ウチーチェリ》〉という言葉もあります。イヨアン・ドンスコイは、ルジェ・ウチーチェリかも。

6

いよいよ始まるよ、とヴェロニカはヴァレリー修道士の腕に腕を回し、寄り添った。若い樫の木の根方にうずくまっていたのは若いむすめだった。彼女の膝のまえに、旅行用のキャリアバッグのような黒い箱型のものがあった。で、彼女自身は黒い小さなマイクを手にしていた。

そして彼女の声が歌いだした。それはもう何とも言いようがないほど清らかな悲しみが滴《しずく》をしたらせるような声と詞だったので、礼拝や祈禱時の声のコロスに馴れているヴァレリー修道士であったが、息をのんだ。その声の持ち主は、うずくまった姿勢からゆっくりと身を起こして歌いだした。肉声と河口の波の音とが重なったのにちがいなかった。彼女の声は、立ち上がった瞬間に、

　トリスティア、トリスティア、いつも恋しいのは、いつも恋しいのは、このとおい丘、……、このとおい丘、われらみなトリスティア、悲しみの命よ、救い給え、トリスティア、おお、トリスティアの旅人らよ、……


——彼女の声は入り江からくるように聞こえた。それが終ると、彼女はマイクを手にしたまま深く叩頭《こうとう》してお辞儀をしたのち、歌の白声から、ごく普通の声にかえって言った。

——それではあえて預言者とは申しませんが、わたしたちの漂泊《ひょうはく》のガスパジン、イヨアン・ドンスコイに、今日は小春日最後の叙事詩を語っていただきます。どうぞみなさま、最後までご清聴たまわりますようお願い申し上げます。なお、ついでではありますが、イヨアンの言葉にご共感ございましたら、お帰りにさいしてはご喜捨のほどをお願いいたします。

そういって、彼女は小さな段ボール箱を掲げてみせた。にこやかな笑いがあがった。

　その瞬間、さきほどまでどこにも姿が見えなかった預言者が若い樫の陰から姿を見せ、ゆ

っくりと、蹌踉《そうろう》とした歩みで、聴衆の前に全身を現わし進み出た。おもわず聴衆みんなが拍手で迎えた。ドンスコイはその拍手にむかって手のひらで制止した。預言者もまた、若い歌い手の乙女と同様に小さな黒いマイクを手にしていた。その声は、もちろんこの範囲では肉声でも十分に聞こえるはずだったろうに、マイクを通すことで、声は殷々《いんいん》と響き渡るのだった。

ヴァレリー修道士はヴェロニカに小声でささやいた。どんな老人かと思っていたら、なかなかいい男だ。詩人セルゲイ・エセーニンのようじゃないか。ヴェロニカは、シ〜と指を立てた。痩せてずんぐりした預言者ドンスコイは身に金襴緞子とでもいったコートを巻き付けていたが、すぐにヴァレリー修道士には分かった。身にコートのように纏っていたのは、滅び去ったソ連国旗の金襴緞子だったのだ。手縫いの刺繍で、黄金の地に、麦と鎌、そして鉄の槌が、織りなされた国旗だった。あれはどこの市庁舎にも党本部にもあった。

イヨアン・ドンスコイはまるであたりに洗礼の水をふりまくとでもいうように、二本指でVサインを作り、優雅に、アミーニ、アミーニと祝福を与えたのち、いきなり燃え上がったのだった。

入り江に集まっていたカモメたちが飛び立った。ヴァレリー修道士は同時にえも言われない嫌悪感を覚えて目を閉じ、そして目をあけると、甲虫ほどの大きさの預言者がみるみる大きく二メートルはあろうかというような体躯になって、もちろん長身痩躯だが、こちらを嬉しそうに見まわし、恭しく祝福していたのだ。そしてそれなりの老人に見えた。直前に火酒の一〇〇グラムでも一気に飲んで燃え上がったのか、古代ロシアの豪傑とでも言うように、獣の唸り声のように響きだした。青銅色の響きだった。ヴェロニカがそばで、ワオー、はじまった、と囁き、ヴァレリー修道士の腕にしっかりとすがった。獣のうなりは、優しい声と交互になった。

——アウー、アウー、この日よ、われらはみな、この国は、若き市民よ、この国のナロードよ、思いめぐらせよ、われらはみなド忘れしてはおらないか、われらは久しき帝国の悲惨なる、そしてまた同時に安寧なる、しかしあまりにも悲惨を極めたるに酔い痴れ、われらがナロード特有の、あの献身の、身をゲヘナに捨つる志もて自らを投じたナロードニキの末裔でありしを！　忘却したるか！　かの高貴なる魂のよってきたる明知を忘れ果てたのか！　さればこそ、わが国のやらずぼったくりの盗人どものかかる蝟集跋扈《いしゅうばっこ》を招いたのではないのか。思い返せ、世界に冠たる、雑階級よりついに故あって生じたるナロードニキの精神のリレーなくしてはこの国の滅びは近い！　またふたたびの崩壊とならんか！　立て、餓えたる者よ、と歌った日の感激を想い起こせ！　思い出せ、われわれロシアとは受難の大地なり。受難とは即ちパッションにして情欲なり、しかしながら忘れるな、受難のトリスティアの悲歌を！　受難を祝福に変えるにはいかになすべきか。市民よ、ナロードよ、受難のナロードよ、新しい世紀のナロードニキの誕生を、今日この日に、記憶しようではないか！　おお、トリスティア、命あることの悲しみを越えて行こうではないか！　われらみな思い返せば、いまなお流刑の徒にあらずや！

ドンスコイはウオッカを呷《あお》ったような唸り声だった。手マイクから発した電波が、若い樫の木の根方に置かれた小さなボックスの拡声器で、大音声になってがなり立てた。まさに在りし日のプガチョーフの声だ、ウクライナの農民反乱のマフノの声だ。そうヴァレリー修道士は思った。やはり時代錯誤ではあるが、偽預言者ではあるが、しかし、いまどき、だれもが忘れ去っているナロードニキを精神の遺産として想い起こせと言う主張は筋が通っているではないか。がなりたてるような声がやがてしずまるにつれて、至近距離で立って見ているヴァレリー修道士には、預言者ドンスコイの身の丈が小さく縮みはじめたのが分かった。纏っている重たげな緞子《どんす》の如きソ連国旗のなれの果てが、だぶだぶで砂に引きずるように見えた。急に懐かしさが胸にせまった。一体、だれだったろう、この彼は、いや、わたしはどこかでたしかに会っているはずだ。一体、どこでだったろう。

そのとき、若い樫の木の根方にうずくまっていた若いむすめがもう一度立ち上がり、ふたたび、トリスティア、トリスティア、いつも恋しいのは……と、白い声で歌った。それが終ると、預言者ドンスコイは、今日の説教だと前置きして、淡々と、火が消えたとでもいうような声で、語りだした。

7

——さて心健やかなれ、わが兄弟姉妹よ、幾千年と言わず生と死の衣を着て、着せられては脱ぎ捨て、生と死を繋いできたわが友らよ、こんにちわれらが現代世界が国を成りたたしむる本然的欲望、ひと握りの悪霊寡占による我欲の果てしに走り来て、もはや最後の堡塁《ほるい》さえをも大波のように乗り越えて崩落すべからざる時に至って、されども、ここにわたし、預言者ドンスコイはただこの地の土と水と火より生まれた子として、きょうび小春日和の恵みをたのしみつつ、あなたたち精神のナロードニキに、古代の遺訓たるべきか、オシアの書の予言の綴れ織りを、いやいや、すべてをではなく、その一部を、言うなれば寓意として、あなたたちの希望のよすがにもと、そらんじておきたいと思うのだ。ゆるされよ、ゆるされよ。まずはあなたたちを打ちたたき、そのうえで、あなたたちの心に道徳的内部の豊かな叡智と希望が生じられんことを祝福したいのだ。わが国では、オシアの書とするが、かのエヴローパでは、旧約聖書中、ホセアの書と言う。ちなみに、ここにおいてわたしを偽預言者として捕縛せんとする刑吏が二三人《ふたみたり》おると見えるが、願わくはこの寓意のなんたるかが理解されますように。ヴォット、サヴァ！

とドンスコイは笑みを浮かべた。行くぞ、という意味だろうが、ヴァレリー修道士はさらになつかしさがこみあげた。語れ、その翼で、ドンスコイ！

あなたらの母を裁きにかけよ、裁きにかけよ。
なんとなればかの女はわが妻にあらず、
われもまたかの女の夫にあらずなればなり。
かの女をしてその顔《かんばせ》より淫乱を、
その乳房より姦淫をとりのぞかさしめよ。
さなくばわれはかの女をして爪先まで素っ裸にして
かの女を生まれた時のままになさしめ、
かの女をして荒野に追いやり、
かの女をして干上がった地に向かわせ、
かの女をして餓えて死なしめることであろう。
しかしてわれはかの女の子らを愛することはなからん、
なぜなら彼らは淫乱密通の子らであるからだ。
というのも彼らの母なるは密通をはたらき、

彼らを身ごもったおのれを汚したゆえにである。
しかしてかの女はこう言ったではないか。
〈わたしは愛人らのもとには走らん。
彼らはわたしにパンと水を、羊毛と亜麻を、
オリーブ油と飲み物を与えてくれるのだから〉と。
まさにそれゆえにわれはかの女の道を茨《いばら》で取り囲み、
かの女の周りを取り囲み、
かの女はじぶんの道を見出せず、
しかして自分の愛人らを追い行けども至りつけず、
探せども見つけ得ずして、かく言うであろう。
〈わたしは行こう、最初のわが夫のもとへ戻ろう、
なぜならその方が今よりはわたしにとっていいのだから〉

………、おお、わがロシアの若き兄弟姉妹よ、ここにそらんじたのは、わたし自身の預言ではないが、さあ、あなたたちは、きみたちは、この古代の預言者の言葉を、このメタファーをいかにして現代的に理解することだろうか。そこに、異端説教くさいけれども、わたしの思いがある。いかにも、わたしはかくも急速に発達した科学技術が神の代

理人、いや、僭称者に収まり返っている今日においては、もはや取り残された存在者ではあるが、ダヴァイ、ダヴァイ、きょうの預言者オシアの愛憎の心をあなたたち、きみたちはどのように解読するだろうか。神の妻なるこの女とは、そもそも何者か。いやいや、もはやあなたたちの世界では神など存在すらも否定されて久しいが、われらがいかにしても祈らずにいられない存在者が先験的に心にある以上、神の愛をいかに脱走して他のもろもろの愛人に走ったところで、どうなるであろうか！　ついでに言えば、預言はまさにラッシーア、ウクライーナ、イズラーエリ、パレスティーナ、そしてエヴローパの未来の運命についてのメタファーであることを忘れてはなるまい。われらがロシアとて、おっと、男モナリザの笑みをうかべたる夫によって宿願の戦争を行い、しかも連動するかのごとく、今度は見よ、イスラエルは幾度も繰り返した亡国の行いを復讐心に駆られてパレスチナの地のナロードをホロコースト再現の殲滅《せんめつ》を目指しているが、さて、これを何とする！　わがロシアにはもはや内的道徳心は潰《つい》えてしまったとでもいうのだろうか。否、否、否、見たまえ、いまあなたらが佇み、坐っているドン川の地にこそ、真実が秘められている。立ち上がり給え。想像力によって、深く沈潜して、内的にでよろしいのだ。我が身に、ドン川の水を忘れるな。ドン川の水は、血なり、命なり、間違えば、死なり。わが死の近ければこそ、イイスス・フリストスを偲びつつ、未来のあなたたちにつげる、あなたらを見棄てるのが無関心なるあなたたちであってはならない、おお、機縁こそあらばあなたたち一人一人がメシアなるべし、奮起せよ励起せよ！

そこまでドンスコイが言ったところで、若い樫の木の根方にいたむすめが顔をあげ、あの方はとても疲れました、心臓が弱っています。ここらへんで終わりと致しますことをお許しください、と参集者に丁寧な会釈をした。人々は実にロシア的な拍手をした。そして駆け寄った。人々は帰るさいに、小箱にルーブル札を喜捨した。高額紙幣も惜しみなく投げ込まれた。ヴァレリー修道士もヴェロニカも喜捨した。そのとき、司会の歌の若い女性を見た。

アゾフ海に西日が輝いた。ヴァレリー修道士はヴェロニカに言った。もう日没が近いのかな。ヴェロニカは言った。そりゃそうですよ。十月の最後の小春日和じゃないですか。

一瞬のうちに、どこにも預言者ドンスコイの姿が見えなかった。若い樫の木の陰にいたのかも知れない。若い娘は手曳きのキャリアケースに小さな矩形の拡声器を詰め込んでいた。悲しみの円光が彼女の頭にかかっていた。ヴェロニカはうわの空だった。あの人、苦労したのね、とヴェロニカの声だった。やがて三々五々、河口の入り江から人々は立ち去った。ヴァレリー修道士は突然ひらめいた。いや、あれはもしや、ドミトリー・ドンスコイだったのではないのか！　おお、生きていたのか！

8

ヴァレリー修道士がミレナ谷の廃院についた頃は、もう日が暮れていた。ヴェロニカは広大な青黒い夕景に紛れ、点灯した自転車をこぎながら帰って行った。限りない孤独感が見えない地平線を覆っていた。ヴァレリー修道士は自室でロウソクの灯りをともし、ペチカ暖炉に火を起こした。薪は爆《は》ぜながら燃えだした。暖炉の前の椅子にかけて炎を見つめた。

……………………

河口からようやくシニャコフスカヤ駅に着いて、ヴェロニカと駅のカフェに入り、お茶を飲み、簡単な食事をしたが、そのとき思いがけないことを知ったのだった。午前と同じ太った店主の女性とおしゃべりしたヴェロニカがニュースをもってきた。あの預言者ドンスコイはシニャコフスカヤの海の民宿を借りていて、ときどき食事にここに立ち寄る。ヴェロニカは言った。ほら、あの若い娘さんはね、預言者の助手なんですって。これを聞いてヴァレリー修道士は、やはり、どうしても彼に会って確かめたいことがあったので、ヴェロニカにそのことを言った。ヴェロニカはサンドイッチをほおばりながら言った。ここに手紙で伝言したらいい。とても簡単よ。そうだね、とヴァレリー修道士は言った。いいかい、ヴェロニカ、わたしは彼の姿を見ながら、ずっと不思議に思っていたのだが、はるかむかしに、どうもあの預言者にどこかで会っている気がして、あれこれ思い出そうとした。彼とはどこかで確かに会っている。あれこれと思い出していたが、消えてしまった夢のようにもどかしくて、どうしても思い出せなかったんだが、ハッと思い当たった。他人の空似ということがあるけれど、それはもう一度直に会ってこそじゃないですか、とヴェロニカは言った。

おお、正解だ、さあ、ヴェロニカ、紙はないかな。わたしはすぐに手紙を書いてここに預けることにしよう。わたしは確かめたいのだ。そうだ、たしかにレニングラードで、いまはサンクトペテルブルグだがね、そうだ、ネフスキー大通りで確かに会ったんだ、彼だよ、間違いない。そうだね、ヴェロニカ、紙があるかね、すぐ伝言を書くことにしよう。タガンローグ行の列車は、まだだね。ええ、あと三十分です。おお、充分に間に合う。こういうことは、常に間一髪だ。確かに、彼に違いない。ドミトリー・キリロヴィチ・ドンスコイだ。あの彼だ。生きていたんだ。ヴァレリー修道士はヴェロニカがノートからはがした一枚の紙片に、ちびた鉛筆で書き出した。方眼用紙のノートの一枚だった。

《敬愛するドミトリー・ドンスコイ

大急ぎで伝言をゆるしてください。きょう、わたしはゆくりなくも貴兄の祈りの説教と預言を聴く幸いに恵まれました。わたしは貴兄の引用された預言者の怒りと嘆きの一節に耳を澄ませながら、一瞬、すべてを思い出したのです。おお、貴兄は、あの遠いむかし、あのレニングラードのネフスキー大通りの裏側、あの場末の貧民街で別れた、あの、若かったあなたであったのだと、まさに今日、あなたの声を聞きながら鮮やかに思い出されたのです。ただ一度の出会いだった。貴兄は、あの、若かったドミトリー・ドンスコイその人だったのですね。わたしは確信しました。願わくは、ぜひとも貴兄と膝を接して親しく語りあいたいと切望します。今冬を凌ぐべき宿がないのであれば、どうかわたしが住まいする廃院ですが、修道院の一室をつかってください。

修道士ヴァレリー・グロモフ

追伸　ミレナ修道院は、タガンローグから電車で、ポクロフスコエで下車、そこからはミレナ谷まで徒歩三十分。タクシーが便利です。》

ヴァレリー修道士はこの伝言をヴェロニカにも読ませた。カフェを出るとき、店主に頼んだ。いいですよ、預言者さんが見えないときは、助手のライシアさんがブテルブロードを買いにきますからね、渡しますよ。

…………………

ヴァレリー修道士は薪片をくべ足した。湧いたお湯で、紅茶を淹れて飲んだ。電車の中でヴェロニカがした質問を思い出した。

彼女は言った。あの、《トリスティア》という言葉ですが、分かった気がしたんです、でも、正確にはどういう意味の言葉ですか。ヴァレリー修道士は電車にゆられながら言った。ラテン語、そしてイタリア語、悲しみ、という言葉だね。TRISTIA. さらにヴァレリー修道士はつづけた。いや、覚えていた詩 TRISTIA の詩句が切れ切れに思いだされた。

わたしは別離の学をまなんだ
そのとき旅の悲しみの重荷をもちあげて
泣きはらした瞳が遠くをながめ
女の慟哭はミューズたちの歌声とまざりあったものだった
おお　わたしたちの生の貧しい根本よ
歓びの言葉の何と貧弱なことか！
すべてはむかしあった　すべてはその繰り返しなのだ
しかし　ただ初めての出会いの
その一瞬だけが甘美なのだ
そのように在れ……

ヴァレリー修道士はヴェロニカに言った。

いいかい、ユダヤ人のロシア詩人マンデリシュタームの詩《TRISTIA》なんだがね。どうして覚えているかって、そうだね。ほら、ここに来るまえは、わたしは北ウラルの修道院にいた。あそこの北西山麓のチェルドゥイニ、あそこに一九三四年だったかな、彼は流刑追放されたのでね、たしか妻と一緒だったはずだ、それで覚えているのだよ。わたしにとってはカマ川と切っても切れない思い出なのだ。

そうとも、わたしは預言者ドンスコイにただ一度会っていたんだよ。間違いがない。でも、ヴェロニカ、ドンスコイはあの預言の説教が終るや、たちまち小さな老人みたいに身が縮んでいたように見えた。わたしにも、とヴェロニカは言った。なんだか悪い咳でむせんでいましたね。懸命になってあの助手の彼女が面倒をみているんじゃないだろうか。

いまヴァレリー修道士は暖炉の炎のまえで身を起こし、狭い室内を歩き回り、おお、わたしたちの生の貧しい根本よ、喜びの言葉の何と貧弱なことか！　と言いながら拳をにぎりしめていた。

第4章　審問

1

　ヴァレリー修道士は奇蹟的な小春日和が終ったと思った。もうひと月も過ぎたようにさえ思われた。悪天候がやって来た。そして大地は急速に泥濘《ぬかるみ》になった。ヴェロニカも自転車でミレナ谷にやってくるのは難儀した。ヴェロニカの父たち、近在の農業者たちが廃院の修復作業の手伝いに集まって来て、僧院は賑やかになった。礼拝堂の壁の修復は足場が組まれ、漆喰塗りの作業がかなりはかどっていた。その中にポクロフスコエの僻村《へきそん》から噂を聞きつけて修復作業に駆け付けてきたイワンチクという素人画家がいた。ずいぶんな変人の閉じこもりで、ただただ小さな板切れに、イコン画を描いている。百も二百も書き溜めている。その一枚をヴァレリー修道士に持って来た。聖像画家のセルゲイ修道士がここにやって来て、いよいよ壁画が描かれる際には、助手にしてくれないかというのだった。願ってもないことだ、とヴァレリー修道士は承諾した。寒気がまさるなか、立派な体躯をした皆は、床に小さな火を焚きながら、壁の修復作業に励んだ。

　ヴァレリー修道士は休息時には、さすがに年に勝てず、小さな焚火の前で垂木に腰かけて、あれこれ思いに耽った。もう一週間以上も、あの預言者からの連絡はない。無事にあの伝言が届いたのかどうか。ライシアという名のあの若いむすめが歌った悲しい歌の調べが耳に残って、ふっと聞こえてくるのだった。ヴァレリー修道士は、これはやはり、タガンローグ図書館に出かけて、そうとも、借り出したドストイエフスキーの『作家の日記』はもう返却期限がとっくに過ぎている、そうだな、ここは明日にでも、図書館に出かけて、司書のダーシャ・イズマイロヴァに会って、《TRISTIA》のことを調べてもらうことだ。フセヴォロド・ヴィリヴァのダニール修道院には、大先輩のヨーシャ・クツコフ修道士がおられたが、あの碩学僧はラテン詩も造詣が深く、詩人オウィディウスの《トリスティア》の話を聞いたことがあったが、もはやうろ覚えなのだ。たしか、オウィディウスは皇帝アウグストゥスによってローマから異郷の黒海に流刑されたはずだったが――、考えてみると、逆の類似になるけれども、わが国の詩人マンデリシュタームも同じ運命の相似形になろうというものではあるまいか。非業の死の詩人マンデリシュタームは、スターリンによってウラルに流刑追放されたではないか。モスクワから酷寒のウラルへだ。そうだ、ユダヤ人であるロシア詩人マンデリシュタームの心の故郷は南国なのだ、黒海なのだ、そうだとすれば、彼もまた心の故郷から、北のウラルという異郷へ、流刑された存在だということになろうか……。思うに、われわれロシア人という存在は、多かれ少なかれ、この二つの矛盾葛藤を同時に生きる他ないものたちなのではあるまいか。

ヴァレリー修道士は床の上の焚火の炎に手を翳《かざ》しながら、あの悲しみにみちた若いむすめの歌のフレーズが聞こえてきた。トリスティア、トリスティア、いつも恋しいのは、この丘……。いや、あの丘ではなく、〈この丘〉でなくてはならなかったのだ。これこそが《TRISTIA》ではないのか。引き裂かれているのだ。異郷と故郷。異郷が死すべき故郷となる運命。そして同時に、故郷こそが異郷となるような魂の状態……。ああ、そうだった、碩学のヨーシャ修道士の嘆きに耳傾けたことがあったではないか。マンデリシュタームは無謀にも、スターリン揶揄の詩一篇を公然と朗読して密告された。ヴァレリー修道士がこのような思いに耽っていたところへ、素人絵描きのイワンチクがやって来て言った。左の壁面は完璧に修復できましたよ。あの左壁面は、悲しみのイコン画、そうして、ほら右のこちら側は、喜びのイコン画、どうですか。おお、あなたのおっしゃるセルゲイ聖像画家が来着されるのが待ち遠しいです。どうかわたしに、どちらの壁であれ、助手を務めさせていただきたいです。

見渡すと堂内は戦禍の跡のように見えたが、セルゲイが来さえすれば、ここは悲しみの歌と、喜びの歌が満ちた新しい世界になるであろう。皆が漆喰の乾き具合を調べながら堂内を廻ったあと、満足してお茶を沸かして飲んでいるところに、ヴェロニカがやって来た。彼女のそばに小柄なむすめが立っていた。ヴァレリー修道士は、それがあの《TRISTIA》の嘆きを歌ったライシアだとはすぐには気づかなかった。痩せて、窶《やつ》れきって、黒ずんだ羊皮の半コートはそぼ濡れていたし、シューズは泥にまみれていた。ヴァレリー修道士はすぐに焚火のそばに場所を空けて彼女とヴェロニカを坐らせた。ヴェロニカの父が驚いて、ヴェロニカに何か言い、すぐにお茶のカップをもってきた。さあ、さあ、ぐっと熱《あ》っちいチャイを飲みなさい。ヴェロニカは涙を浮かべていた。修復作業に集まっていた人々も焚火を取り囲んで坐った。ヴェロニカが言った。みなさん、タガンローグのエフエスベーによって預言者ドンスコイが逮捕され拘留されています。冤罪です。なんとしてでもドンスコイさんの釈放を勝ち取らないとだめです。そう言い、ドンスコイさんからの手紙だと言って、ヴァレリー修道士に手渡した。ヴァレリー修道士は手紙を開封し、皆を見回してから、ヴェロニカに、そして悲しみでうちひしがれているライシアを見てから、声に出して読んでもいいですかときいた。ヴェロニカの父が、次に、ポクロフスコエ村の素人画家のイワンチクが、聞きたい、もちろん聞きたいと言った。ヴァレリー修道士は手紙をひろげ、ゆっくりと音読を始めた。

——親愛なヴァレリー・グロモフ修道士。過日はこのうえないご招待のメモをいただいて感謝に堪えません。心ならずもおそらくは美しいとは言えまい、わたしの異端的預言の声を張り上げましたが、いまわたしに出来るこの世の務めはあのような言説だけなのです。あなたに聴いていただけたことに大きな喜びと光栄を感じます。さて、ところであなたがかつてわたしを見知っていて、一期一会で、出会ったに違いないとするあなたのお話に、実は心底驚愕させられた次第です。そう、わたしには全くその記憶がないのです。もちろん、あの日、あなたのお顔を見てはいなかったわたしですが。まず、わたしの本名がイヨアン・ドンスコイではなく、ドミトリー・ドンスコイではなかったかというのですが、いいえ、わたしはドミトリーではないのです。偽預言者のような名ですね。わたしは間違いなくイヨアンです。姓のドンスコイは、父方の血統がドン川流域のカザークの血筋だった縁によるものでしょう。もちろん、カザークのみならずわたしの血にはその他の血も混ざっているのです。ユダヤもタタールも、そしてウクライナロシアの血も。ちょうどドン川のようにですね。というわけで、とても残念ですが、あなたがわたしと遠い昔に出会ったという記憶は、なんらかのあなたの側の勘違いもしくは幻想であるのではないでしょうか。ですが、実は、今のわたし自身にも、百パーセント記憶に自信があるわけではないのです。と言うのも、記憶は何らかの原因で、まったく白紙にされてしまうようなことがまま起こりうるように思うからです。おお、できることなら直にお会いして、わたしが間違っているのなら、こもごもあなたの記憶を語っていただいて、その白紙に記された、蝋で書いたような記憶をあぶりだしていただきたいものです。しかし、わたしにはもう時間がありません。タガンローグのエフエスベーから突然人がやって来て、夜半に連行するので待機せよとのことだったのです。もうこれで何度目になるでしょうか。いよいよこれで、逮捕されて、茶番劇で裁判され、流刑されることでしょうね。実を言うとわたしはもう先がないのです。もともと片肺飛行でここまで生きて居られたのも神のご加護あってのことだと確信しています。わたしは後半生を流浪しながら各地で、直観するところをこの世に預言として言い放って来た身ですから、この世に悔いは残しません。わたしはついに何者にもならず、なろうともせず、ただ貧しきナロードの心の悲しみをこの世の大地に播いて来ました。

わたしがむかしむかし出発点とした小さな芸術家集団のミールも挫折しましたが、その中から一人でも真の意味で、よき人が出たのですが、彼もまた、へりくだりによって、ナロードの心になって、有名であることを捨て去り、いずこともなく消え去ってしまったのです。そして、わたしだけが、生き恥をさらしてですが、心ひもじい道行きをここまで続けてきたのです。

ところで、この手紙は至急、わたしの最良の友であり養女であるライシア・マケドンスカヤに託しますが、彼女に委細を聞いていただけたら幸いです。有罪でわたしに万一のことがあれば、厚かましい限りでありますが、彼女のこの先々について、ご助力を願ってやみません。そろそろ、連中がドアを叩く時刻でしょう。もし、神のご加護あれば、きっとあなたに会って語り合い、連帯することができましょう。わたしは七十歳も半ばになりました。残りの時間があるとすれば、わたしはどこか辺境の荒野であろうと、最後の叫びの預言を大音声で語って血を吐きたいものです。わたしが若かった日々に愛唱した詩人セルゲイ・エセーニンは、この世で生きることも死ぬことも今更何も珍しいことではない、と言って首を吊ったとされていますが、それに反論して、生きることの方がはるかに難しいと歌った当代随一の詩人マヤコフスキーも、こめかみに一発撃ち込んでピストル自殺するはめになりましたね。わたしはこの愛する詩人たちとは時代も環境も違います。わたしは心から彼らの人生を愛しつつも、一世を風靡した二人の有名であることの悲劇の根源について悲しむものです。わたしはまったく無名のままに歴史の畦道《あぜみち》で、荒れ地の小石として終わることを選ぶのにやぶさかではありません。やがて拾ってくれる子供でもいるでしょう。

それはともあれ、ライシアのことをよろしく頼みます。

急ぎ　イヨアン・ドンスコイ

追伸　おお、たしかに、わたしは出発の遠い昔に、十中八九、あなたのような寛容などなたかに会って、そのときわたしの道の選択がそれとなく形作られたような、おぼろな記憶が、いや、しかし、ほうき星の尻尾のようにわたしには明瞭に今は何も思い出せない……。わたしたちは多かれ少なかれ、思い出せない一瞬の記憶の、その欠損部によってこそ、共に生かされているのではないでしょうか。誰かの魂の分身でない人がどこにいるでしょうか。そこに愛が隠されているとしたらどうでしょう。

2

寒くなってミレナ谷はもう日が入らなかった。それぞれの修復作業に手伝ってくれたひとびとも帰って行った。ポクロフスコエ村のイワンチクだけが居残った。ヴェロニカと父アダムはライシアをともなって農場に帰って行った。拘留中のイヨアン・ドンスコイは三日後に審問が開かれるということだった。ライシアの他に、弁護できる保証人が陪席できるという。ドンスコイの手紙を読んだ後、ヴァレリー修道士の心は決まっていた。ダニール修道院の活動で得られた覚悟だった。ただ、友をたすけよ。そう思ったとき、ヴァレリー修道士ははからずも思い出していた。《TRISTIA》の詩人マンデリシュタームが逮捕されたとき、アンナ・アフマートワとボリース・パステルナークがスターリンに直訴したではないか。その手紙はブハーリンに届いた。ブハーリンはスターリンを説得した。マンデリシュタームはウラルの北に妻と一緒に流刑追放された。ロシアというのはあれほど過酷な弾圧体制にあっても、すべてが死に絶えていたわけではない。かろうじてだが、芸術の信によって、心が通い合っていたではないか。もちろん、現代ではそれさえも劣化して信は機能不全とは言っても、問題は現場の現実における人の、そのような信についての、ロシア的人間の意思次第なのだ。友のために命を捨てよとまで言うのではないが、おのれのリスクを賭けて陳情し、弁明して、勝利するというのでなくとも少なくとも敗北しないことではないのか。ましておまえは、還俗したとでもいうほどの曖昧な出来損い《ニェダチョーパ》なのだから、惜しむべきもののどこにあろうか。おまえはもう十分に老いた。老いてなすべきことは、己を勘定に入れないことだ。

イワンチクの前で狭い室内を歩き回りながら、ヴァレリー修道士は口に出しても言い、また突然イワンチクに、いいかね、きみはどう思うかね、と聞くのだった。引き籠りのイワンチクの容貌はと言えば、イイスス・フリストスに似ていた。黄色い長髪を後ろで束ねていた。彼はあっさりと言った。それはヴァレリー神父、一点突破ですよ。助け出しましょう。あのライシアさんがかわいそうです。マリヤさまみたいじゃなかったですか。おお、聖像画家のセルゲイ・モロゾフがいてくれたら……。ヴァレリー修道士は嬉しかった。このような若い世代の引き籠りが言うのだから、間違いがない。ヴァレリー修道士は思いついた。これは今日のうちにも、司書のダーシャ・イズマイロヴァに連絡をとって、助言をあおぐことだ。彼女ならタガンローグの様々な情報に通じているはずだ。それなりの知的人脈もあるに違いない。ヴァレリー修道士はイワンチクにこれから急ぎ、タガンローグまで行き、司書のダーシャ・イズマイロヴァに手紙を届けてくれるように頼んだ。ヴァレリー修道士は慌ただしく手紙を走り書きし、イワンチクに読んで聞かせた。

——敬愛なるダーシャ・イズマイロヴァ。緊急のお願いがあって、明日図書館に一番列車でお訪ねしたいです。信頼する友人が（預言者と名のるイヨアン・ドンスコイと言いますが）タガンローグの連邦保安庁に拘束されています。あらゆる手をつくして救い出したいのです。ポクロフスコエ村の画家イワンチクに託します。どうぞよろしく。

神父ヴァレリアン

イワンチクは興奮した。自分のような者で大丈夫でしょうか。きみだから頼むのです。他に誰がここにいますか。図書館は夜の九時まで開館しています。もし留守だったら、封をしっかりしておくから、別の司書に手渡してください。

イワンチクが立ち去ったあと、ヴァレリー修道士はやっと人心地がつき、ひとしお寒くなった夕暮れに、ペチカ暖炉に火を入れて、考えに耽った。いまの情況だと、ここは東ドネツクの前線を控えているのだから、政治と戦争を脇において考えても、彼らは稼ぎ時だと気張っているはずだ。現に、この間は河口にもエフエスベーと分かる者たちが三人は混ざっていたし、写真をとっていた。預言の録音音声まではどうか知らないが、しかし、ドンスコイの説教の寓喩《ぐうゆ》など、彼らには分かるまいに。どのような理由をつけようとも、こちらでは弁明はいかようにも可能だ。問題は、審問の際の部長がどのような人物かということだ。芋《カルトシュカ》か赤蕪《スヴョークラ》か、それとも神のご加護で、銀の匙か。その匙かげんこそがまことの知性の心なのだから。

それにしても、連中のことだから、イヨアン・ドンスコイ関係のデータをかき集めているに違いない。ヴァレリー修道士はふたたび、自分だけの思い出に従って、ドミトリー・ドンスコイとの出会いを理解しようとした。この手紙では、自分はドミトリー・ドンスコイではないと言っているが、わたしはあのドミトリーだと思っているのだ。だとすれば、そののちのことは、その歳月はあまりにも長かったのだから、知る由もないが、エフエスベーの網にかかるだけの過去はあるに違いない。そうだとして、それを突き付けられたとして、さあ、どのように反駁すべきか。しかし、手紙で知る限りでは、それらはソ連崩壊以前のことであろう。となれば、すでに国家は別国家になっているのだから、破棄時効というべきではないのか。ソ連崩壊以前に特別に国家反逆の法を犯したというのなら別の考え方もあろうが、今、現ロシアにおいて、彼の言動は法に触れるというのか。法に触れるというのなら、せいぜい、河口で己の説教のパフォーマンスを披歴したか、預言を少数の人々に語ったくらいのことだ。

3

その夜、ヴァレリー修道士は悪夢に引き戻された。一度起きて、星空を眺めようと思って僧院の外に出た。満天の星空がちらちらと乾いてきらめく雪に代わっていた。

ヴァレリー修道士は堅い鉄製のベッドに戻ってふたたび悪夢のなかに投げ出された。わたしが逮捕されたのはアフガン戦争のさなかだった。外務省に勤めて九年目だった。出張先のアフガニスタンの戦場視察からモスクワに戻ったところを、数日後の夜半にマンションで拘束された。すでに五年も前に国外追放になった作家のソルジェニーツィンのサークルに出入りしたという罪状だったが、信奉者ではあったが、実際には関与していなかった。密告だったのだ。わたしはどのような反論もむなしく簡易な裁判を受けて東ウラルのラーゲリに送られた。五年の刑期は、一年後に三年に減刑された。わたしはゴルバチョフのペレストロイカの時期に自由の身になったが、もちろん首都には入れなかった。わたしは東ウラルの僻村で教職についた。

あれは、わたしがラーゲリに送られた一年後のことだった。マーシャから別れの手紙が届いた。彼女は、重い病気にかかっていた。あなたの詩人の友人がパリに亡命するというので、一緒にパリに行くことにしました。そこで最良の治療をうけることにしました、ヴァレリアン、どうかゆるしてください、と手紙にあった。わたしは首都に足を踏み入れることが出来なかった。再逮捕というリスクがあった。ヴァレリー修道士は胸が引き裂かれる思いで鉄のベッドで寝返りを打った。すでにもう四十数年も前のことなのに、いままだ自分は東ウラルの小さな分教場のある大村の農家の貸間にいるような夢だった。あのとき、もちろん誰一人わたしを弁護できる人はいなかった。わたしは見捨てられた。

星空に雪の降り出した夜に、ヴァレリー修道士はロウソクの灯りを点け、ベッドに腰かけ、両ひざに肘をついて、思いだした。マーシャの最後の別れの手紙はちょうどその年の終わりウラルの奥地に、バラックの収容所に届いたのだ。彼女は青いインクで書いていた。〈来たるべき新年をあなたに祝います。健康で、あなたの思い通りに幸せであってください。人生がより長くつづきますように、だって生きることは——常に奇跡なのですから。あなたのマーシャ〉——そしてサインのマーシャという文字は滲んでいた。

ヴァレリー修道士は冷めた紅茶の残りを飲んだ。暖炉の熾《おき》はほのかに赤かった。そうだ、間違いなく、ドミトリー・ドンスコイだ、彼もまたわたしと同様だったのだ。わたしがまだ若くて未来があるように思われていた外務省勤務のときだ。わたしは出張でレニングラードに行った。そのとき、ネフスキー大通りで彼に会ったのだ。キエフから絵描きたちの小さな共同生活体をこしらえてレニングラードに出て来て、暮らしていたのだ。わたしは路上で彼らの画の一枚を買った。その代金の支払いについて路上では危ないというので、指定された場所を訪ねた。ネフスキー大通りの裏側の場末のアパートだった。彼らは一階の地べたの土がそのまま床になっている家で暮らしていた。売れない画が煮炊きの鍋釜《なべかま》と一緒にならんでいた。わたしはドミトリー・ドンスコイと語り合った。彼はそのとき言ったのだ。わたしの使命は若い彼らをこの世に送り出すことだ。ここからキエフ・ウクライナの若い才能を送り出したいのだ。いいですか、詩人のアンナ・アフマートワだって、母はウクライナ人です。言うなれば、異郷に出てこそ故郷を生きるのが大事なのです。追放や流刑のない人生にどんな芸術がありうるでしょうか。

ヴァレリー修道士の心は決まった。明日は一番で、タガンローグ図書館に急行し、ダーシャ・イズマイロヴァに会い、ドンスコイの拘束の顚末を伝え、できる限りの助力を頼むことにしよう。彼女のうちなる神を、愛についての直感を頼んで。ヴァレリー修道士には、いま、ライシアというむすめがまるではるかむかしに自分の妻だったマーシャの面影に重なっていた。いや、老ドンスコイを救い出すのではない、そうではなく彼女の悲しみを救い出すのだ。

4

翌朝早くヴァレリー修道士は自転車でポクロフスコエまで走り、タガンローグ行きの電車に乗ったが、イワンチクが一緒だった。彼はヴァレリー修道士をポクロフスコエの小駅で待っていたのだ。肩に袋を提げて、自作の小さな聖像画を何枚か入れていた。昨夕の伝言の手紙は無事にダーシャ・イズマイロヴァに渡したのだ。寒いが晴れ渡っていた。朝の挨拶にイワンチクの吃音《きつおん》が聞かれなかったのでヴァレリー修道士は驚いた。アハー、ザ、ザ、吃音《ザイカニエ》もなんのその、自分が役に立てるなんて。車窓からはタガンローグ郊外の兵舎が見え、赤土の原野で兵士たちが走り回っていた。道路にはトラックの隊列が渋滞していた。中には大きな戦車を乗せた大型トレーラー車があった。

タガンローグの図書館につくと、司書のダーシャが待っていた。二人はまだ人気のない閲覧室の窓際の席に案内された。あたたかいスチーム暖房の銀色が気持ちよかった。イワンチクは毛編みの冬帽子を脱いで、少し離れて坐った。その横顔はたしかにイイスス・フリストスの画像に似ていた。ダーシャ・イズマイロヴァの話はてきぱきしていた。話はこうだった。

わたしはアゾフ地方史研究会でここのエフエスベー署長のフェリクス・ボゴスラフとは知り合いです。昨夜のうちに電話で問い合わせました。十一月七日のロシア革命記念日にあわせて、戦況が膠着《こうちゃく》状況なので、引き締めにかかっている。あなたのおっしゃるイヨアン・ドンスコイに関しては上がってきた書類を拝見した。吏員たちの行き過ぎがあるやもしれないが、文書として上がって来た以上は、審問は避けられない。ところで、わたしは明日にもモスクワに呼ばれているので、審問をつかさどることができない。しかし、幸いなことに、タガンローグ保安庁の審問部の長に新任用になった人物がいるので、審問は彼に任せた。信頼がおける人物だから、不条理な冤罪《えんざい》になることはまずあるまい。電話で言うのもなんだが、まあ、ダーシャ・イズマイロヴァのことだから、言いましょう。彼は、ウラルのペルミでわたしの後輩だった。今般の戦争、つまりウクライナに対する特別作戦に際して、彼はエフエスベーを辞職し、青天の霹靂《へきれき》ですね、いきなり義勇兵に志願し、憂国ロシア義勇部隊の指揮をとって前線にこの半年、戦ってきた。それが除隊して、再び、このタガンローグでエフエスベーに復職を果たした。いいですか、この審問というのは、いわゆるこれまでの一方通行的な予審ではありません。少なくともこの間、国民ナロードの内的傾向にかんがみて、言うなれば改革の要素を加味したものです。裁判前における双方の対論ということになります。一方的にわれわれが被疑者を逮捕拘束して自白を強要し、裁判で有罪にするやりかたでは、国民の内的動向を否定的にしてしまう可能性が大です。まして現在の情況の趨勢にあっては、得策ではないのです。いいですか、とくに最近は、前線からの逃亡兵が集団的ではないが、そこそこの増加があって、看過できません。しかしこれらを一律に今までのような仕方で重罪に処しても有益とは言えない。即銃殺刑に処したらどういう結果になるでしょうか。前線逃亡、脱走にはそれなりの審問において解明すべきもろもろの問題があるでしょう。まずはそれを検証し評価し、被告の不利にならないように吟味すべきです。そのうえでの裁判というのでなければ、軍法会議であっても、動員兵である以上、職業軍人であるわけではないのだから、一律にはいかない。

ここはアントン・パヴロヴィチ・チェーホフの生地であることをわたしは特に敬意を払います。彼が命がけでサハリン島の徒刑囚人の調査に身を投じたその努力を忘れません。詳しくはこれ以上言いませんが、ここタガンローグのエフエスベーにおける独自の改革的な審問は、双方からの対等な対論が行われます。それを裁定するのが審問議長です。その決定に従って、初めて起訴されて、被疑者は裁判にかけられます。いや、予審そのものではありません。あくまでもその前段階での対話《ディアローグ》なのです。われわれがいまいちばん腐心しているのは、権力による冤罪なのです、これこそナロードの愛国心を無に帰するものです。いま現場で、戦場で横行しているのは、恐るべき人命の恣意的な浪費です。脱走兵は逮捕されるとふたたび懲罰的に最前線へ出されて死を求められるのです。

さて、あなたがおたずねの預言者ドンスコイとやらですが、いかに現下のロシアで言論の自由が制限されているからと言っても、上がってきた文書を読んだ限りでは、罪というよりも、その発言者の真意をよくよく問うことに尽きるでしょう。われわれはそれを学ぶ義務があるのです。わたし自身、ウラルのペルミの前任地での苦い経験から言うのです。

審問に関しては、タガンローグのエフエスベーからは、議長、検察役割りで一名が出席します。民間からは、被疑者拘束者の弁護人、そして親族一名、そして関係筋の傍聴者、ということになります。わたしがモスクワに至急呼び出されたのも、実は、わたしのタガンローグのエスエフべーのこのような手続き改革について、説明が求められたからです。いや、ご心配に及びません。わたしはロシアの未来を思えばこそですから、少しも恐れていません。わたしは、歴史的にロシア帝国も、ソ連邦ロシアも、現代ロシアも、いまだやりきれずに残して来た罪と罰の原則について、ナロードの未来のために考えているからです。

ダーシャ・イズマイロヴァはフェリクス・ボゴスラフが話したという内容をこのようにまとめてヴァレリー修道士に話した。少し離れた場所に坐っていたイワンチクはしきりに頷いていた。ヴァレリー修道士はこの話に驚きを禁じ得なかった。要するにモスクワ・ルビャンカの本庁にここタガンローグのエフエスベーが公然と異を唱えていることになるからだ。ヴァレリー修道士はフェリクス・ボゴスラフ署長の人となりについてダーシャに聞いてみた。神学専攻だったとか聞いたことがあります。愛国者ですよ。さらにヴァレリー修道士は、議長をつとめる人物についてたずねた。ダーシャ・イズマイロヴァは言った。初耳でしたが、フェリクス署長がその新しいポストに任命したのですから、よほどの方でしょう。前任地がウラルのペルミでしたか。ヴァレリー修道士はそれとなく動悸を覚えた。まさか……、あり得ようか、とヴァレリー修道士は口に出した。

審問は革命記念日の三日前に行われるとのことだった。ヴァレリー修道士はダーシャを通じて、保安庁にこちらの要望を伝えてもらうことにした。ドンスコイの弁護人は自分が引き受ける。関係傍聴者には、養女のライシアと、ヴェロニカです。するとイワンチクが吃音もなく、ぜひとも自分も傍聴させてほしいと懇願した。その懇願《ウマリャーュ》するという語を、う、う、う、と口に出した。ダーシャ・イズマイロヴァは言った。もちろんわたしも傍聴者になります。実はわたしも夏に彼の預言の説教を聞きました。あれは詩人の預言です。詩人の言語がなかったなら、このロシアはもはやロシアではありません。政治も時代も権力者もすべて過ぎ去ります。長くて二十年そこそこ。残るのは詩人の預言の言語じゃありませんか。
ヴァレリー修道士はドストイエフスキーの『作家の日記』の返本を忘れたことを詫びたが、

オウィディウスの《TRISTIA》、悲しみの歌について教えを乞うこともまた忘れていた。

議長とは、ユゼフ・ローザノフその人ではないのか。その思いでしばし茫然となっていたのだった。イワンチクは肩袋から小さな矩形のイコンを取り出してから、これは自分が描いたイコンですと言って、ダーシャ・イズマイロヴァにうやうやしくさしだした。マリヤです。油彩のミニチュアです。吃音にならずに言った。まあ、と彼女は驚き、手のひらにのせて、お礼を言った。

二人は図書館を出た。タガンローグの空に雪片が舞いだしていた。二人は大急ぎで市中を歩き、駅前の交差点にある小さなカフェを見つけて入った。《可愛いひと《ドゥーシェチカ》》という看板だった。イワンチクは声をあげて笑った。アハー、ヴァレリー神父、どこに行ってもチェーホフです。わたしはあの短篇が好きでなりません。あのドゥーシェチカのオーリャは、ほんと、何とロシア的な、ほのぼのとした、あんなに悲しかったのに、忘れることができるマリヤですよね。二人は紅茶と揚げまん《ピロシュキー》を注文した。あつあつのピローグを二人は食べた。イワンチクはまるで人生みたいなピローグだと言い、熱い紅茶をふうふう言いながら啜った。ヴァレリー修道士はさらに胸の動悸がしていた。期待感が高まった。

もしユゼフ・ローザノフであったなら、だとすれば、なんという奇跡だろう！

5

審問の日を待ってヴァレリー修道士は弁論の準備をした。夜は悪夢にうなされた。自分がラーゲリに送られた過去が絵のようにめまぐるしく渦巻いた。イヨアン・ドンスコイの弁護ではなく、自分自身の弁明を行っているのだが、少しも前に歩けないのだ。列車で護送されるときに見たウラル越えの小窓からの光景が見えだした。東ウラルへと列車が下って行くにつれて、チェリョムハの白い花が暗い小窓に見えたとき、ようやく我に返った。悪夢の中に小さなイコンが黄金色に光った。ヴァレリー修道士は色彩つきの夢を見ていたのだ。いや、これはわたし自身の弁護に他ならないのだ。自己愛ならばあたりまえのことだが、これは隣人愛の使命ではないのか。ドンスコイの言動には何一つ法に触れるものは、わたしの知る限り、ない。詩の寓意の言葉でなされた彼の言説が、どうして政治的犯罪に問われるいわれがあろうか。色彩付きの夢はまるで聖像の壁画が咲き乱れる花々でいっぱいだった。その中を歩いているのだ。イワンチクがついて来ていて、修道院の壁画には、右の一面は、花々の聖像画にしてもらいたいと言っていた。小鳥たちもですよ。イイスス・フリストスの肩に小鳥たちが止まっているんです。ヴァレリー修道士が花たちの色彩をぬけると、急に色彩が色あせて、行く手に道が三つに分かれていた。どの径を選ぶか迷っていると、うしろでイワンチクが左ですよ、と言ったので、振り向くと、憔悴しきったドミトリー・ドンスコイが立っていた。彼はヴァレリー修道士に言った。友よ、万事は自然にまかせようではないか。いずれわれわれは死ぬ身だからね、自然の秘蹟《たくらみ》にまかせようではないか。愛しい出来損い《ニェダチョーパ》の国に神の国をもたらそうと思ってここまで来たが、少しも間違ってはいなかった。地上の国は地上の国でいいが、そこに神の国がともにあるようでありさえすればいいことだ。聖なる自然の恩寵のままに在れ！　ただ、そのように在れ！　どの道を選んでも、死に至る。さあ、さあ、死に至るまえに、自己愛ではなく隣人愛に至る道はどれか。

ヴァレリー修道士は夜明けに目覚めた。今日はいよいよ待ちに待った審問の日だ。幾枚かの覚書を書いていたが、それを思い切って暖炉の火にくべた。文字は言葉ではあるが、もっと自由な生きた言葉でなければ何になろう。たちまち燃えた紙片の炎を見つめながら、ようやくヴァレリー修道士の気持ちが軽くなった。審問の議長は、まちがいなくユゼフ・ローザノフ大尉にちがいないと確信にいたったものの、この間、それについて司書のダーシャ・イズマイロヴァには秘していた。もっと調べてもらうこともできたのだったが、これはなにも弁護で勝利を勝ち取るのが目的ではない。自然の御心にまかせることなのだ。

自然の企みがどうであるかは知る由もないが、すべて受け入れることが大事なのだ。地上の国には地上の掟がある。すでにひさしく神の国が見えずとも共生しているならば、その国の言葉が、言葉にならずとも目に見えず実現することになるだろう。そして、もしあのユゼフ大尉であるとすれば、わたしはユゼフ大尉の言葉にすべて従うだろう。仮に彼が昔の彼ならずであったとしてもだ。ヴァレリー修道士は、初めて会ったときの彼を、その夜の語らいを忘れえなかった。アンドレイ・ルブリョーフのイコン『三位一体《トローイッツァ》』の天使像について語る彼のプロフィールをいまだに覚えている。それにしても訝《いぶか》しいことではないか。ダーシャの話では、フェリクス署長の言葉としてだが、現職のエフエスベーを投げ打って義勇兵に志願して、最近除隊して、タガンローグでエフエスベーに復職した人物というのだから、もしそれがユゼフであるとすれば、一体彼の心に何が起こったのだろうか。いや、それにもまた大地の恩寵が秘められているのではないのか。

朝早くポクロフスコエからタクシーをやとったイワンチクが元気いっぱいで迎えにやって来た。すでにヴェロニカもライシアも修道院に来て待っていた。ライシアは夏の間から借りているシニャコフスカヤの民宿には帰らず、ヴェロニカの家で過ごさせてもらい、精神も体調も回復していた。ヴァレリー修道士は今日の審問について言い聞かせた。自分が弁護人であること、こちらからは傍聴者として、ライシア、ヴェロニカ、そしてイワンチク。もう一人は司書のダーシャ・イズマイロヴァ。彼女は第三者としてだが、実は夏にドンスコイの預言と説教を聞いている。この審問は、裁判の予審ということではない。予審に至る前の、改革的なプロセスにおける審問であること。尋問でも査問でも、まして裁判でもないこと。こうした事案の前に、従来と違うプロセスで、自由に討議しつつ問題の本質について合意して、そののち、起訴に相当するかを評価しあう。で、結論は審問の議長が出す。そこまで言うとヴェロニカは興奮した。わたしたちの発言は許されるのですか。ヴァレリー修道士は言った。さあ、まずは議長の考え次第だ。審問の議長はどんな人物ですか。ヴァレリー修道士はすこし動悸がした。まあ、見てみましょう。フェリクス署長が特別に任命した、信頼のおける人物とのことだから、これも信じることです。ライシアはほとんど無言だったが、小柄な全身から悲しみがぱっと喜びに変わったとでもいうように穏やかに見えた。
ヴァレリー修道士は愛《いとお》しさを覚えながら、笑みを浮かべているライシアに言った。ライシア、あなたからの発言が一番大事なことだと思いますよ。

修道院から坂道をみんなで上って行くうちに雪が降って来た。とうとう降って来た。雪だ、雪だ、とイワンチクが走った。エンジンをふかして待っていたタクシーの運転手にイワンチクが話していた。ポクロフスコエではなくまっすぐタガンローグまでやってくれないか。いくらだ。見知っている運転者が言った。まず三千ルーブルってとこか。知らない仲じゃない、二千でどうだ。そりゃ、ひどい。何がひどいか、じゃあ、二・五でどうだ。またいいイコンを描いてやるから。まいるよ、合意。たまにタガンローグで映画でもみたらどうか。これだからイワンチクは厄介だ。おっと、吃音《ザイカニエ》はどうしたか。そんなものは過去のことだよ。ヴァレリー修道士が助手席に乗り、あと三人は後部座席に乗った。走り出すとイワンチクが叫んだ。ガーリク、雪だぞ、夏タイヤだろ。あたりまえだ。これだものな、いいかい、大事な会議なんだ、事故っちゃ困るぞ。いいかい、行き先はタガンローグのエフエスベーだからね。ガーリクと呼ばれた運転手は口笛を吹いた。またぞろ脱走兵のことですかい、えらいもんだ。雪は降りしきった。近くの共同墓地に野辺送りの列が見えた。東ドネツクの最前線から運ばれてくるんですよ。ここんところ妙に多くなった。

そして吹雪きだした。

6

降りしきる雪の中にエフエスベーの建物があった。ちょうどヴァレリー修道士たちが着いたときに、軍服の兵士たちに護送された、これもまた疲労しきった兵士には違いないがまるで襤褸《ぼろ》の布《ぬの》をまとったとでもいうべき男たちが連行されて来た。十数名は数えられた。トラックで運ばれて来たのだ。銃を構えた護送兵たちがそのぼろぼろになった者たちを、そこには若い者も、老いた者もまざっていたが、ある種の同情をもってか、小さな声でダヴァイ、ダヴァイと進ませた。彼らはヴァレリー修道士たちを横目に見ながら建物の中に入って行った。ヴァレリー修道士たちが建物の中に入る前に、検問があり、高い窓の受付で身分証提示と署名が求められた。ヴァレリー修道士は、今日の審問の弁護人だと言った。ダーシャ・イズマイロヴァが未着だった。雪で遅れているに違いなかった。

しばらく待ってのち、四人は中に入った。建物はかなり古い建築で、由緒あるにちがいなかったが老朽化していた。二階建てで、入ると薄暗く長い廊下が続き、左側が各セクションごとの実務室になっているのだろう、いくつもの部屋が続いていて、中はそれと分かる程度だった。廊下の右側には窓一つなく、長い壁には歴史的な人物たちの肖像写真が張り出されて横並びに続いている。さしずめ、デモンとか、悪霊《ベスィ》とか、とヴェロニカは小声でイワンチクに囁いていた。

先ほどの兵士たち一行は同じこの廊下を遠くまで連れて行かれたに違いなかった。その先には地階があるらしかった。先は暗くなって見えにくかった。ヴァレリー修道士はこういった建物にはなじんでいた。受付で指図されたように、どっぷりと濡れたモップの掃除で脂ぎった黒い廊下を、しかも廊下の床板は老朽化していて軋ったり、たわんだりする感覚が足に来たが、静かに進んで行った。その歩みを、右手の写真の人物たちが見つめているようだが、どこかあらぬ方を見ているようでもあった。兵舎のように長い廊下だった。やがてようやく二階に上がる階段が左手にあった。ここを上がるのだ。階段の段の上り幅が大きく急だった。ヴァレリー修道士は後ろからイワンチクに大丈夫ですか神父、と言われながら、黒光りする滑らかな手摺に手をあてがいながらゆっくり上がった。それから左右を見て、言われた部屋がどちらなのか見定め、左手にもう一度戻ることにした。部屋番号は7だった。ヴェロニカが先の方から、こっちだというように手招きしていた。で、ドアにはただ番号がついているだけだった。あたりはまったく静まり返っていた。

ドアをノックすると、中から、どうぞ入ってください、と女性の声がした。ヴァレリー修道士がまず中に入り、挨拶し、つづいてヴェロニカ、ライシア、そしてイワンチクが入った。秘書が横のデスクから立ち上がってやって来た。毛編みのゆたかなスウェーテル姿で、短いスカートをはいていた。イワンチクが横並びになって、ため息をついた。秘書だと分かる女性は太ってても痩せてもいなかった。黒い眉がくっきりとひかれていた。ヴァレリー修道士は来意を丁寧に告げた。一人、来着が遅れています。ええ、彼女は目で笑いながら言った。承知しています。さあ、しばらく隣の円卓室でお待ちになってください。

このときヴァレリー修道士は急に動悸を覚えた。一つ伺いたいのですが、今日の審問の議長は……、と言いさした。彼女は言った。ええ、ユゼフ・ローザノフ少佐《マヨール》ですね。すぐ参りますよ。おお、ヴァレリー修道士は胸がつかえ、急に動悸がした。おお、おお。やはり神のご加護か。目の前が明るく輝いた。四人は彼女に導かれて左手の隣室に通された。窓が大きく、その大板ガラスに戯れるように雪が舞っていた。

秘書は、気持ちのいい含み笑いを込めながら言った。わたしたちのタガンローグで今年一番の雪になりましたね。さあ、どうぞごゆっくりお待ちください。ヴァレリー修道士は、ここで審問ですか、とたずねた。はい、そう聞いています。ヴァレリー修道士はこの答えに拍子抜けしたが、その分、気持ちが緩やかになった。これは、どうやら、いわゆる審問ではなさそうです、いい報せということだ。ヴァレリー修道士はライシアに言った。

四人は円卓のテーブルだったので、どこに掛けたらいいのか戸惑った。ヴァレリー修道士は、心の中で、ユゼフ大尉、あなたは少佐《マヨール》に昇進したのか、と驚きつつ、声を出していたのだ。ヴェロニカは隣で言った。神父ヴァレリー、ユゼフ少佐って、ご存知だった方ですか。ヴァレリー修道士は、おお、おお、これだから、自然の秘蹟の御心は……、とヴェロニカに言った。御心は奇遇をもたらすんだね。いや、運命と言い換えてもいい。四人は窓辺に倚《よ》って市中に降る雪をながめた。

タガンローグに雪が降る、エッフ、エッフ、雪が降る、とイワンチクが眼下を眺めながら言った。人々が大急ぎで雪まみれになって急いでいた。遠景では吹雪いているような木立が煙っていた。さらにイワンチクが言った。まさか、エフエスベーの庁舎からこんな雪をみるなんて。ほら、いいですかライシアさん、雪ひらはどの雪ひらも雪にはちがいない、ですが、ひとつひとつはどれをとっても同じ雪ひらではない。そして降りつもり、そして、最後には溶ける。われわれは、つまり、雪のように溶ける。きょうの審問も、素晴らしい思い出になって、やがて溶けるでしょう。そして何事もなかったように歴史の中に消えて行くんです。

ヴェロニカが隣で、シーと口をとがらした。

その瞬間、ゆっくりとした柔らかい足音がして、ヴァレリー修道士が雪舞いの窓から振り返った視界に、海の蜃気楼のように、おお、大げさな比喩だとはいえ、ただ半年前のことなのに、まるで果てしない過去からのように、ユゼフ大尉の似姿が、彫りの深い面影が、少し重い、優雅な身のこなしでゆれながら近づいて来て、真っ先にヴァレリー修道士の前に来て、抱擁し、両手でヴァレリー修道士の片手を包み込んだ。笑みを湛《たた》えて幾夏幾冬おひさしゅう《スコリカ・リエトス スコリカ・ジーム》、もちろん、もちろん、驚きましたよ、まさか、ヴァレリー修道士、あなたがタガンローグに、ポクロフスコエのミレナ谷の修道院に帰っておられるなどとは夢にも思いませんでした。今回の一件で、すべて部下から報告を受けています。安心してください。さあ、みなさん、掛けてください。

　ヴァレリー修道士は胸がつまった。見つめ合ったユゼフ・ローザノフの目は、もう過ぎし日のペルミの一夜の目ではなかった。精悍だった眼光は淡くなっていて、かわりに寛大な、苦悩がふかく沈潜したとでもいうような落ち着きがあった。急流の水が淵に来て何かを待ってでもいるというような静けさに似ていた。直ぐにヴァレリー修道士は悟った。間違いなく、戦場での体験が若々しいユゼフをそうさせたのにちがいない。わずか半年足らずの時間なのに、限りない歳月を一気に経てしまったとでもいうようだったのだ。彼の波打つ栗色髪の鬢《びん》にそれとなく白髪が混じっていた。

　四人は円卓にどう並んで掛けたものか戸惑った。ユゼフ・ローザノフ少佐を中心にして左右に並んで掛け、半円になって彼に向かいあった。

ユゼフ・ローザノフは自分が掛けると、ふっと目を落とし、両手で頬を支える所作をして目を瞑《つむ》った。気がかりがあるのに違いないとヴァレリー修道士は思った。ヴァレリー修道士は、少佐《マヨール》ユゼフ・ローザノフ、と声をかけた。彼は目を上げて、ええ、もちろん、というふうに笑みを浮かべた。ああ、ヴァレリー修道士、そうでしたね、ほら、〈恋の少佐《マヨール》〉、ヴェルシーニン、でしたっけ、あれはチェーホフの「三人姉妹」だったですね。わたしが、少佐だなんてね。生活によってじゃなく、戦場によってね。〈恋の少佐〉の方がどれほど幸福なことか。平凡な倹しい日常の日々があってその苦しみを味わっていられるような生活の方が。まるでわたしは一気に、〈死の少佐〉といった悪夢に悩まされているんですからね。

さあ、さて、そのようなお話はここまでとして、今日の肝心な、審問についてお話をいたします。そう言って彼は四人を見回し、特にライシアを淡く見つめて言った。ライシア・マケドンスカヤさんですね。もう心配なさらないでいいですよ。あなたのイヨアン・ドンスコイは拘留が長くなっていましたが、すべて疑いが晴れました。ただ拘留中に心臓の支障が起こって、タガンローグ中央病院に入院させていますが、経過は良好です。あと一週間もすれば無事退院できるでしょう。もちろん、入院費用など、何の心配も無用ですよ。こちらの手落ちですから。

みなさんはきっと驚かれたことでしょう。〈審問〉ということで、一体何が行われるのかとね。これは、尋問ではありません。分かりやすく言えば、聴き取りですね。これは、署長フェリクス・ボゴスラフとわたしの責任でなされた一つの試みです。要するに、こちらの恣意的なやり方による冤罪を未然に防ぐという改革なのです。今回ですが、文書で審問記録を残すというきまりがあるので、のちほど、書記に来てもらい、正式に書面を残すことにいたします。さあ、どうぞみなさん安心して各自の意見を述べてくださって構いません。

そこまで話したとき、ようやくダーシャ・イズマイロヴァが、タクシーがつかまらず、遅れてしまいました、と雪の匂いのするスカーフと髪で到着し、明るい灰色の声で挨拶し、円卓は急に華やいだ。

ユゼフ・ローザノフ少佐はダーシャ・イズマイロヴァを見て驚いた。ああ、司書のダーシャさんじゃありませんか。彼女の方も驚いた。フェリクス・ボゴスラフ署長がおっしゃった方は、あなただったとは……。ユゼフ少佐は言った。

あの折は図書館でお世話になりました。どうしても、アンドレイ・ルブリョーフの《トロイッツァ》の画像集が見たくなって助かりました。心がどうしても鬱になると、わたしに希望を与えてくれるのですからね。わたしは、まだ三人の天使像の解釈について、あれこれと勝手な想像をしています。そう、あの天使たちが手にしている細い金のような杖、笏《しゃく》とでも言うべきでしょうか、わたしはあの笏のことをいつも思っているのです。そう言ってヴァレリー修道士を見た。ヴァレリー修道士は嬉しかった。これは、セルゲイ・モロゾフともそのことで話が弾んだ夜だった。動員や戦争の論題は、あの夜、第一次大戦に関する詩の話から展開したのだった。

そこへイワンチクが手を挙げて言った。はい、わたしもです。わたしはあれが秘密だと思うのです。ユゼフ少佐がイワンチクを見つめて言った。おっしゃる通りです。何でしょう、あれは光の杖、光の笏のように思われるのですが。イワンチクは言った。おお、おお、そうです、そうです、同感です、ユゼフ・ローザノフ少佐。光の杖、光の笏！　おお、それにしてもヴァレリー神父、一体いつになったらセルゲイ・モロゾフはミレナ谷の修道院にやって来るのでしょうか。もう壁の漆喰は全部終わりました。待ち遠しくてなりません。

ヴァレリー修道士は言った。イワンチク、いまはその話は脇におきましょう。いいですよ、ユゼフ・ローザノフは目を輝かせた。どうぞ、どうぞ。聖像画家のセルゲイ・モロゾフですか。はい、そうです。ミレナ修道院の修復壁はもう乾いています。あとは描かれるだけです。そこにセルゲイ・モロゾフがきっと壁画を描いてくれるというのです。そうでしたよね、ヴァレリー修道士。イワンチクは興奮していた。

ユゼフ少佐が言った。ヴァレリー修道士、ほんとうですか、おお、彼はいまどこにいるのでしょう。ヴァレリー修道士は喜びに浸されていたが、声を抑えて言った。さあ、そろそろ帰国してもいい頃かと思われるのですが。わたしが先にダニール修道院をあとにしたわけですが、別れる前に、自分は西に行くと言っていました。この戦時ですから、帰国もどうなるやら。ダニール修道院に手紙でも届いていたらいいのですが。わたしもここにいられるうちに会いたいものだ、そうユゼフ・ローザノフは言った。

　そこへ秘書がやって来て、ユゼフ少佐にメモ紙を渡し、耳打ちして戻った。彼は急ぎ書記を呼ぶように命じた。彼は右手で額をおさえ、こめかみを押さえた。

　みなさんもここに来られるときに、連行された動員兵たちを見たことでしょう。わたしはこの事態に引き裂かれるような思いにとらわれるのです。なんとかしてこれを解決したい。その根本的な方法を考えているのです。いいですか、だってそうじゃありませんか。罪もない市民が国家によって合法的にですが、動員され、しかも正規軍と同様な戦闘を強いられて、碌な訓練もなく、いちばん最初に死に見舞われるのは彼らです。しかも若い。これでは命の浪費そのものです。これでは国が滅びます。無尽蔵に人間がいるわけではないのです。国家が死のマシーナになっているも同然です。わたしがこのようなことを言うのも、理想的なロシアの未来を思うからです。わたしはたしかに一種の国家主義者であるのかもしれません。愛国者です。しかし民族主義のナショナリストではありません。とにかくわたしは前線で、塹壕の中で、夥しい死を見て来ました。どうしてただのナロードが国家によって、死のために生きなければならないのでしょうか。国家が真になすべきことは、人々が死のために生きなくていいように、生のために生きられるように守護することであったはずです。その保護としての贈与があってこそ、人々は国家を信頼するのです。

実は、今日も二十人余りの前線脱走兵が逮捕され、ここに連行されて来たのです。この数から推して、これの数倍の数が、まだどこかで、故郷をめざしてこの広大なロシアの大地を逃避行しつつ、冬の寒さと餓えとで死にかけているはずです。脱走兵狩りの密告には賞金がでる。ここで言うべきではないにしろ、わたしの考えは変わりません。このわたしの管轄する審問は、このような脱走兵についての厳正で寛大な処罰についても、喫緊の懸案となっているのです。即座に軍にさしもどしたりすると、一体どういうことになるでしょうか。懲罰の死刑がまかり通ってはならないのです。見せしめの復讐が恣意的になされてはならないのです。またふたたび死の浪費ということになってしまいます。この人々を生において有益な人材に変えるのが国家の責務なのです。国家が滅びないためには、死をいかにして抑制するかにかかっています。われわれロシアの歴史はどれほどの死を見ないと満足できないのか。戦争は戦争によってしか終わらせられないという考えに一理あるにしても、あまりにも死の浪費が莫大すぎるのです。しかも、と更にユゼフ・ローザノフ少佐は言った。生活的にもままならない辺境国から動員兵を狩りだしている。

祈りのように両手を組み、指をもみながら話すユゼフ・ローザノフの暗鬱な顔を見つめていたダーシャ・イズマイロヴァが発言した。

何というロシアでしょう。おお、可哀そうに。おっしゃるとおりだとわたしも思います。

ユゼフ・ローザノフ少佐、地上の死のための戦争は、もちろんますます進行していますが、同時にこの世に共存する自然の御心もまた決して失われているわけではないと思います。国家も洗脳される国民ナロードも、あなたの良心が恃《たの》みとするアンドレイ・ルブリョーフの《三位一体《トローイッツァ》》イコンの、あの天使像を心に置くことが救いになるのではないでしょうか。生きる場所は現実ですが、生きることを成就させるのは、現実そのものではなく、心の麗しい幻想ではないでしょうか。先ほど、あの天使たちの目に見えるか見えないかの、しなやかな細い線のような杖、笏、あの杖についてあなたは光の杖とおっしゃいましたが、あれはまるで宇宙からの光、言葉は光です。言葉の杖をもって……

ヴァレリー修道士は聞きながら思った。ユゼフ・ローザノフはもはやあの大尉ではない。死を見、前線で死をつくってしまった少佐なのだ。本来の平時なら、チェーホフのうら悲しい〈恋の少佐〉でよかったが、その時代ではない。他者の死を、おのれの罪とする人になったのだ。われわれはもちろん天使ではないが、少なくとも、あの《三位一体》のイコンの遠景に小さく描かれた緑なすマムレの樫の木の似姿でありたいのだ。

金髪の少年のような書記が書面をもって入って来て、少佐の傍らに坐った。ユゼフ・ローザノフ少佐はその書面を受け取った。それではみなさん、緊急の事態が起こったので、今日の審問は、これから読み上げる文書によって、結論を得たものといたします。少佐は読み上げた。

《拘束されたイヨアン・ドンスコイは各種証拠にかんがみて無罪とされる。機密保持圏内ドン川河口地帯における預言および説教行為は、不注意な点があるとしても意図的でなく、寓意による言説も許容範囲内であって、国家と国民を分断する反政府的、カルト教的な言辞とは認定されえない。イヨアン・ドンスコイはロシア的伝統に従って、詩の言葉で国家に警鐘を鳴らしたものと解され、むしろ市民ドンスコイの愛国の情熱の結果と評価すべきである。付記。イヨアン・ドンスコイの預言的説教の動画等がひろくインテルネット上で拡散され、ロシアにたいして悪用される事態が生じたか否かについては確認証明されえなかった。》

ユゼフ少佐は額の髪をかきあげてのち、立ち上がり、ヴァレリー修道士のそばに来て言った。もうすこし余裕が出来たころに、必ずミレナ谷をお訪ねします。セルゲイ・モロゾフには会いたい。修道院の壁画が成就したなら、シベリアの果てからでも飛んできますよ。ああ、アンドレイ・ルブリョーフをどのように超えられるのか。いや、超える超えないというようなことではないですね。自分自身を超える、というような、問題ですね。そう言って握手した。

この分では、冬にかけて、脱走兵の審問に追われます。それから涙をためていたライシアのそばに行き、その手を軽く握りしめた。ここまでずいぶんご苦労なさったでしょう、さあ、イヨアン・ドンスコイをこの先もよろしくお願いしますね、と言い、みなに挨拶をして足早に出て行った。

ヴェロニカは茫然となっていた。ダーシャ・イズマイロヴァはライシアに言った。タガンローグ中央病院からの退院手続きはわたしのほうに任せてくださいね。冬になるので、養生が必要です。ヴァレリー修道士とも相談しておくので安心してください。イワンチクは窓辺に行き、満足げに、タガンローグに雪が降る、雪が降る、と口ずさんでいる。

第5章　転変

1

今となってはただ懐かしい過去の出来事に思われる、あの、あの十月のロシア革命が、もう百年余も過ぎてしまったことなのに、今も、だれかの、その名も知られない時代が燃えているのだと、ヴァレリー修道士は思っていた。十一月七日のロシア革命記念日は、タガンローグでも祝典が行われたが、ヴェロニカの話では華やかな行列ではあったけれどもどの参加者も参列者も老いていて、まるで野辺送りのようだったという。そう、平べったい焼き菓子みたいにね。本当のロシアの焼き菓子ではなかった。ウクライナとの戦況情報はヴェロニカからおりにつけヴァレリー修道士の耳に入った。タガンローグ中央病院に入院中のイヨアン・ドンスコイはもう少し検査が必要になって、革命記念日のセレモニーが終ったあとも退院は大幅に遅れていた。

ユゼフ・ローザノフによる審問のあと、ヴァレリー修道士は筆不精にしていたが、ウラルのダニール修道院長に速達で手紙を送った。イヨアン・ドンスコイの件で、一冬でも修道院の離れに彼の滞留を願い出たのだった。まだ、セルゲイ・モロゾフが暮らしていた庵の木小屋が空いているはずだったからだ。ヴァレリー修道士は事の顚末を詳しく書いた。できればわたし自身が舞い戻ったというふうに見做していただけないかと。彼イヨアンには連れの若い友がいること。彼女がこれまでイヨアンの面倒をみて来て、すべてにおいて忍耐強く彼を愛してきてくれていたこと。そうですね、ほら、的確な譬えとは言われないまでも、『罪と罰』、流刑地のラスコーリニコフに対するソーニャのようにです、とヴァレリー修道士は力説した。いや、マグダラのマリヤとまで言いませんが、彼女にはロシアの過去と未来がかかっているのです。もちろん、聖像画家セルゲイの木小屋に一緒に暮らすことはできないでいいのです。彼女はどのような仕事もできる力があります。近在に住みながら、手助けができると思います。こう書いて、ヴァレリー修道士は閃いた。それが、すべて春の庭のように思い出されたからだった。そうとも、これは名案だ。セルゲイ・モロゾフ、そして修道院長助手のセーヴァから聞いたではないか。あのさくらんぼう果樹園の家だ。そうだ、カザンスキー家だった。ヴァレリー修道士はそのことを書き添えた。

　愛国のあまり、過剰なロシア的受難《ストラスチ》の情熱はついには預言に至るであろう。神の言葉を伝えるという情熱に燃え上がる。そして我が身のことを忘れ果てる。その過激さを日々の人としての慎ましい苦しみ悩み、平凡な哀歓の次元へと、そっとそっとみちびくような愛の心が必要なのだ。そうでないとたちまち破滅する道に至るだろう。その同伴者があのライシアなのではなかったのか。それにしても、イヨアン・ドンスコイはわたしとほとんど同年配の老者になっても、まだあのように漂泊して、時代錯誤を物ともせず、預言を説いてきたというのも、困ったことだ。しかし、それはだれかがしなければならないことだ。修道士《モナフ》はただ神に祈ることで自立自尊するが、ダニール修道院はそうではない。修道士は敬神に自閉しない。わたしたちの構成員は多種多様で、この世の脱落者たちのアジールであったではないか。

ダニール長老からただちに了解との返信が届いた。ダニール院長は豆粒ほどの小さくよれた文字で書いていた。――あなたは還俗《げんぞく》したも同様だが、わたしは歓迎する。あなたがミレナ谷の廃院を独力で修復していることにも感銘する。この世との中間、そうじゃ、この〈中間〉論的なありようが、いまもっとも大事だと思う。理想の神の国と、現実の地獄的な国とが、一時なりとも共時的になりうる時空があるということ。わたしのもとには、ほれ、プッチョーン師の財団が寄付してくれた資金がまだある。必要があったら言いなさい。追伸アリスカンダル師だが、やはり民族問題と国境なき医師団の心配で、居ても立っていられないのであったのだろう。パレスチナの地に飛び、ガザに入った模様だが、その後連絡が途絶えた。もう一つ。聖像画家のセルゲイ・モロゾフだが、彼は地中海世界を経めぐったあと、冬のうちにはフィンランド経由で帰国するつもりだそうじゃ。見るべきものは見たが、やはりロシアが恋しくなったのであろう。ロシアの風の匂いが。比喩的に言えば、黒パンなしでは生きにくいのであろう。ウラルはすっかり雪におおわれ、氷河期そのものだ。アゾフの海はどんなに暖かいことか。羨ましい限りじゃ。神のご加護を祈る。

ヴァレリー修道士たちみんながイヨアン・ドンスコイの退院許可をまっているうちに、タガンローグもまた寒気に襲われ、積雪は少ないが、アゾフの海、ドンの河口も凍り始めた。十二月に入って、イヨアンは無事に退院できた。ライシアが甲斐甲斐しく付き添った。ヴァレリー修道士の提案が受け入れられ、退院と同時に、イヨアンとライシアはロストフ・ナ・ドヌーに出てから、ウラルに向けて長距離列車で別れることになった。送別の宴を催す時間もなかった。タガンローグ中央駅前の、ちいさなカフェ〈ドゥーシェチカ〉であわただしく別れの紅茶を飲んだ。イワンチクは、タガンローグに雪が降る、雪が降る、彼のいつもの歌を披露した。ヴァレリー修道士はこれが初めてイヨアンと対面で話すことであったのに、やはり初めてでないように思った。イヨアンは病院を出る際に、きれいに髯を剃っていた。若々しく見え、謙虚でもの静かだった。なにか遠いことを思い浮かべているような目だった。ヴァレリー修道士は、親しげなきみ呼びで、イヨアンに言った。

忘れはしないよ。われわれは戦後ソ連邦の落とし子だった。あの偉大な祖国の。そこで生まれて生きて、その軛《くびき》について疑いをもたなかった。一時、雪解け《オッチェペリ》の希望の時代があったね。

それからだ、みるみるうちに、われわれの祖国の熱は引いていった。そして立て直しが始まったが、すでに時遅しだったね。われわれは否応なく、敗者の戦争孤児であることを思い知らされた。そしてついに祖国は崩壊し、新しいロシアが生まれた。そしていまわれわれは年老いた。

　わたしは幸いにも僥倖に恵まれたというべきか、ラーゲリも勤め上げ、今ここにいたるまで、ニセものの修道士としてだが、からくも生き延びて来た。おそらく、きみだって同じではなかったろうか。しかしきみの方がまっとうだったのではないか。きみは時代や政体の激変にもかかわらず、孤立無援の詩人のように、預言者の言葉を張って、生き延びて来たのだから。わたしには同世代としてきみに借りがある。きみの良心に借りがある。わたしはまだその借りをきみに返すことができないが、せめても、別れの餞別を受けとってもらいたい。きみの流離の人生に敬意を表したいのだ。ここに、十万ルーブルがある。これでもって、一冬、きみとライシアの暮らしが少しでも容易になるようにと。いや、このルーブルはプッチヨーン老師がダニール修道院に寄付したものだから、何の心配もいらない。きみの暮らしは修道院がみるから何の憂いもない。一冬、人生で初めての休息をとって養生して欲しいのだ。いや、わたしの方は、まだまだ他にも借りがやまのようにあるから、ここで努力しよう。われわれの世代が何を残したか、後の口さがない賢くなった者たちがどういうか知らないが、きっと、こう言うだろう。だれだれの、誰それの時代《エポーハ》が燃えていた、というように。しかも、それを泥炭のように燃えていたとね。父祖たちのロシア革命の猛火に比べてだけれど、それでいいじゃないか。われわれ各人が、それぞれのエポーハであったのだから。

ヴァレリーは冷めた紅茶を啜った。イヨアン・ドンスコイは言った。きみに心から感謝する。きみの神に感謝する。わたしにもまた大きな借りがある。ライシアに対してだ。さあ、ライシア、ヴァレリー・グロモフの贈り物を、神からの贈与だと思って、受け取って欲しい。おお、きみには、ウラルに着いたら、毛皮コートが必要だ！　これまでの冬、わたしは冬のコート一つきみに贈ることもできなかった。ゆるして欲しい。イヨアンは紙にくるまれた十万ルーブルを彼女に押しやった。彼女は涙をうかべて受け取った。

イヨアン・ドンスコイは静かに言った。

ヴァレリー・グロモフ、わたしはたしかにどこかで、とても若かった頃に、青春の盛りに、どこかで、いや、夢の中で、きみに会ったような気がするが、わたしには明瞭に思い出されない。しかし、こうして会ってみると、それは偶然ではなく必然であったとしか解釈がつかないように思うのは、それは夢の中であったとしても、すでにきみに出会ったということの証《あかし》のように思われる。いよいよわれわれの世代も最後の残党になった気がするね。おお、いま仮に、四十歳でもあったのなら、あと十年はある。その十年のうちに、わたしの預言が成就するだろうけれど、これは若い世代にひきつがれることでいいのだね。いま、こうして、このような別れの宴を催してもらって思いだすと、われわれのどのような過去の出来事もみな、まるで春の庭のようですね。

そのとき、衝立の仕切りでへだてられてイヨアンの背後の席にいて、話し込んでいる声がそれとなく耳にはいった。ヴァレリー修道士には聞こえた。イワンチクが振り向いた。ヴェロニカももっと背中をよせるようにした。三人のひげぼうぼうの汚れ切った、もはや軍服とも言われないような身形《みなり》をした若いような若くないような、げっそりと窶《やつ》れた人物たちが話しているのだった。

……、本当に、奇蹟だよ。何ということだろうか。何という企みだろうか。厳格この上ない審問だったけれど、あの中でおれたちだけが放免された。一体、あの人はあれで大丈夫なのだろうか。するともう一人の声が聞こえた。人に自然の秘蹟《ひせき》がなされた場合には、彼は神の顕われと化すのではないだろうか。

三人は背嚢に似た布袋を背負い、カフェ《ドゥーシェチカ》を出ていった。

ヴァレリーたちも店を出た。タガンローグの岬から烈風が回り込んでいた。ライシアはドンスコイを片側で支えながら交差点を渡った。中央駅に入ると、人々の賑わいが気持ちよいほど生命力にあふれて響いた。ヴェロニカはドンスコイとライシアの荷物を運んでいた。古ぼけたトランクと、キャスター付きの旅行ケースだった。プラットホームは寒くてふるえあがるほどだったが、次々にホームを行き交う人々の熱気のせいで、暖かくさえ感じられた。ヴェロニカが予約しておいてくれた席にイヨアンとライシアが坐った。同じ車輛のデッキに、カフェで見かけた三人のうちの一人が、荷物をデッキに置いたまま立っていた。ヴェロニカは彼を見て、なにげなく、小さくだが会釈した。発車のベルが二度鳴り響いた。どのような時代であれ、出会いと別れは、二度と会うことがないことも覚悟したうえでのことだ。ライシアが窓ガラスに手を振った。ドンスコイも手を挙げた。過ぎ去られるとき、デッキで、さきほどのカフェで見た人物たちの一人が手を振っていた。ヴェロニカはその一瞬を見て、至福のように感じて熱くなった。

2

アゾフ地方はいくら南部だといっても、やはり冬は冬で、すでに十二月の半ばのその日は、晴れ渡ってはいたが寒気はマイナス10度にはなっていたのではないか。ヴァレリー修道士はようやく一仕事成し遂げたというような気持ちで、朝からミレナ谷の修道院を出て、ミウス川に向かい、そこからミウス潟《リマン》まで足をのばした。防寒具にはウラル時代の重いラシャの裾がブーツのかかとまでくる長い外套を着たので汗ばむくらいだった。そして、牛殺しの、細い杖をたずさえていた。ミウスのリマンはもう湖面が凍結して青く輝いていた。リマンの周りの葦原の小径は凍てついて皺だらけだったが、その中に雪がつまっていた。新しい年が来ると、このリマンで一月の十九日は主の神現祭《エピファニー》だから、氷に穴を十字に開けて、氷のように冷たい水につかることになろうかな。ヨルダン川でイイスス・フリストスが洗礼者イヨアンに洗礼をうけたことに由来するわけだが、と口に白い息を吐きながら、ドミトリー・ドンスコイが、イヨアンだとはな、と今もって確信しつつ、あの後ろに縛った長髪を思い浮かべ、ヴァレリー修道士は凍った潟湖のほとりで、枯れ死にした黄金色に輝く葦たちを牛殺しの杖でかきわけて湖面に出た。

それにしても、わたしのような隠者まがいの修道僧が戦争世界に一喜一憂というのは無責任なことだが、ここは、一番大事なことを忘れてはなるまい。二〇二四年の新しき年は、一月七日の主の降誕祭《ラジュジェストヴォー》ではないか。これが、とってつけたようなこともあるものだ。ウクライナ国家はこの日をエヴロ－パに準じて、まずは政治的にと言ってもいいだろうが、ユリウス暦に従って十二月二十五日に断固変更したとのことだが、なんとまあ、粗忽なことではないか、言語であれ宗教であれ、画然と不寛容に分断するというのもおかしなことではあるまいか、国家と戦争とが生み出したにしてもだが、とヴァレリー修道士は独り言《ご》ちた。歩行は思いをさまざまにつないだ。彼はイヨアン・ドンスコイを思い出した。

昨日は何という朗報だったことか。ウラルから手紙が届いたのだ。急いで開封してみると、筆跡はライシアだった。繰り返し手紙を読んだ。彼女の手紙を読んで、やっと自分は役割を果たしたのだと思った。読み返すたびに涙が出たのだ。生きることがこんなに苦しく、でも、それにかかわらず何倍もの今回のような喜びに恵まれることがあろうとは、と彼女は書いていた。左利きだったのか、彼女の手跡は、左に傾《かし》いだキリル文字だった。

……幸いにも、わたしは川向こうのカザンスキー家に家政婦としてお仕事をいただきました。修道院の農業関係の方々からのご配慮だったのです。いまはエヴゲニア・カザンスカヤ奥様がお一人なので、わたしは住み込みで、二人で春を待ちながら果樹園の支度にかかっています。心臓は無理できないのですが、イヨアンはだいぶ回復しました。嬉しいことに、ひさしく閉ざされていた心の扉が、少しずつ、彼の方からそっと開いてくれるようになりました。修道士のみなさんもイヨアンの滞在に喜んでくれています。あの人は、占いが得意で、それがとても当たるのですよ。みなさんはよく通って来るそうです。それに何と言っても、ウラルの自然の治癒力というようなものがあるのでしょうか。今冬のウラルは、雪はとても少ないのだそうで助かっています。

それから、嬉しいお知らせです。先日ダニール院長老師からうかがったのですが、聖像画家のセルゲイ・モロゾフはもうフィンランド国境まで帰っているそうです。ただロシアのヴィザ発給に時間がかかっているとのことです。でも、親愛なヴァレリー神父様、あなたのミレナ谷の修道院の修復壁にセルゲイ・モロゾフの聖画が成就しましたら、何をさしおいてもわたしたちは真っ先に駆け付けたいと思っています。エヴゲニア奥様と話したところ、彼女も、まあ、あのセルゲイ・モロゾフが、あの方が、と驚き、一緒に行きたいと言ってくださったのです。いま奥様にとって唯一の心配事は、ご子息のゴーシャさんのことです。何という喜びだったことでしょう、でも、無事に除隊して帰郷したのもつかの間、問題が起きてしまったのです……。前線からはさっぱり音沙汰がないとのことです。リーザさんはサンクトペテルブルグのレンフィルムで、《死と愛の馬》という中世ロシアの映画を撮っているそうです。

ヴァレリー修道士は彼女の文面を思い出しながら、氷の張った潟湖をながめた。鳥たちの姿も見えなかった。岸辺に生えている大きななかまど《リャビーナ》の赤い実はもうどの枝も食い散らかされてしまっている。一月になれば、近在のこどもたちが色とりどりの冬帽子をかぶってスケートをしに集まって来るだろう。悪霊に憑《と》りつかれた者たちの戦争や権力から自由で……と、そこまで言いかけて、ヴァレリー修道士は牛殺しの杖で空気を引き裂いた。牛殺しの杖は、細い光のように湖面に反射した。悪霊どもには何よりも言葉なのだ。権威ある善き言葉を求めよ。ヴァレリー修道士はまた数度、牛殺しの杖を、光の笏《しゃく》のように振った。

……それでは、さようなら。一月の七日、イイスス・フリストスの降誕祭に、わたしはダーシャさんから教えていただいた「降誕祭の星」という詩をイヨアンに朗読して聞かせます。ヴェロニカによろしく。愛をこめて、ライサより。

ヴァレリー修道士は、結びの一節を思い出して満足し、ふたたびミウスのリマンからミレナ谷へと帰った。

3

ミウスの潟湖は遠景になって沈んでいった。それは金色に光っていた。ヴァレリー修道士は広大な冬の大地を見晴るかした。ウラルの冬のリャビーナは雪をのせて何時の冬もたわわに実っていたのに、ここではすでに鳥たちに食べ尽くされてどの梢の枝にも一粒として赤い実はみあたらなかった。ミレナ谷に下っていくと、冬のカモメが一羽遊弋していた。陽射しのせいでか冬のカモメは青く見えた。十二月に入ってのち、それとなく日が長くなったように感じてはいたが、それは数秒なのか数分なのかは判然《はっきり》としないが、たしかに長くなっているのだ。冬空が晴れ上がっていると、なおのこと日が長く感じられるのだ。ヴァレリー修道士の影は短くて人の影には見えなかった。谷間に入ってから彼は思った。廃院になった修道院がじぶんの故郷になるということか。そしてやがて描かれる聖なる壁画の世界が故郷になるということか。

その日、このようにして修道院に戻って熱いお茶を煮出して飲んでいる静けさに、ユゼフ・ローザノフのことがしきりに気になりだした。脱走兵の処置がたいへんになるとあのとき言っていたが、一年が燃え尽きるこの頃ともなれば、だれが唯々諾々《いいだくだく》と、凍結した大地を掘った塹壕のなかのテントや木組みの穴倉で過ごそうと思うだろうか。さりとて、半年そこそこの訓練の動員兵たちは塹壕を放棄して脱走するほどの気力も思想もない。皆と一緒にいる方がたとえ死の谷であろうとも集団的には安心なのだ。糧食だって、温食に恵まれていようわけがないし、補給線とて寸断されて、暖をとるにしても焚火で煙をだすわけにもいくまい。ヴァレリー修道士はじぶんの体験から、まだしもあの頃のラーゲリのほうがよかったと思い出した。ミサイルも、砲弾も、ドローンも飛んで来なかったのだから。あの二十人ばかりの拘束された兵士たちはどのような処分になったのか。わたしたちはあのとき、イヨアン・ドンスコイの釈放の喜びで気が回らなかったが、ヴァレリー修道士は駅前のカフェ〈ドゥーシェチカ〉で、低い仕切りの衝立のかげから聞こえた会話の切れはしが思いだされてならなかった。あの若い三人は、そう、三人だった、まちがいなく釈放されたということではなかったのか。ということは、それには相当の理由があってのことのはずだ。一人一人、ユゼフ・ローザノフの審問を受けた。その結果だ。それにしても重大な判断だ。預言者ドンスコイの場合とはまるで次元が違うのだ。

ヴァレリー修道士は熱い紅茶を飲み終えたが、気持ちが重く沈んでしまった。やがて、日々が過ぎると、新しい一年が待っていてくれるというのに、国家の傭兵でも契約兵でもなく、特別の動員法によって恣意的に選別された彼らが、正規軍でもないのに正規軍と同様、前線から逃亡したということで、処刑までということになれば、本末転倒だろう。休暇もなく、除隊の期限もなく、塹壕に、あるいは戦闘に押し出されて死に直面していれば、前線脱走してあたりまえのことだろう。死を覚悟しての選びだろう。むしろ国家権力としてはそのようなものたちこそ信頼できると見做して方策を考えるのが賢明というべきだ。この世紀になってまだ帝国的な奴隷制度をやっているのか。ヴァレリー修道士は狭い庵室を歩き回り、セルゲイの聖像画を見上げた。いいかい、セルゲイ・モロゾフ、ヴェロニカの話だと、ロシア兵だけで前線ですでに十万にのぼる兵員が死んでいるというのだ。先だって、タガンローグへ行く途中、共同墓地を通りかかったが、死んで故郷に帰った兵士たちの野辺送りの列があった。死者たちはこの地方からの動員兵だ。

それにしても、あのユゼフ大尉が、どうして、ここタガンローグのエフエスベーに再任されたのだろう。フェリクス署長の前任地がペルミであったにしても、ただそのような人脈でということなのか。いや、そうとだけは考えられないのではないか。わたしにはユゼフの思いがまるで分かっていないのではあるまいか。エフエスベーの大尉を投げ打って、憂国ロシア義勇兵に志願し、そして今はタガンローグのエフエスベーに、大尉ではなく、たちまち昇進して少佐として審問長となったというのも、いぶかしいことだ。ダーシャ・イズマイロヴァの話では、フェリクス署長がモスクワに呼びだされたということだったが、もちろんどのような件であるか分からない。ヴァレリー修道士は思った。そうだな、考えて見れば、わたしは彼の来歴の何を知っていただろうか。あのアリスカンダル老師の講演の〈ロシアはスタヴローギンだ〉――というテーゼが、彼の転身、義勇兵への、そう、フランスのあの懐かしい実存主義《エグジスタンツィアリズム》のタームで言えば〈投企〉の引き金なのは分かっているが、いや、ただそれだけのことではあるまい。

ヴァレリー修道士は鮮明に思い出した。

ユゼフはタガンローグ時代の彼ではもはやなかった。戦場で見るべきものをすべて見たのだ、少なくとも眼前でわが死を見つめ、あるいは指揮下の義勇兵たちの死をもたらし、そこからふたたび、前職の、外部から見ればおぞましくも忌まわしい権力の暴力装置である機関のポストに返り咲いたのだ。一体、彼の情熱の根源は何なのか。そしてあの夕べ、セルゲイ・モロゾフとはアンドレイ・ルブリョーフの《三位一体《トロィッツァ》》を介して強く共振していたではないか。そうだ、問題は、彼がどのような愛国者であるかにあるにちがいない。ヴァレリー修道士はいまこのとき、暖炉の燃える火のかたわらにその若々しいユゼフが共に掛けているように思った。セルゲイ・モロゾフも。そして自分はペルミの教会の宿泊所の一室で、そうだった、図書館で探し出した詩の写しを二人に朗読しているのだった。戦争詩だ。恐るべき戦争詩だった。一九一四年の第一次世界大戦の砲弾と銃弾の炸裂が意味よりも音としてギザギザに突き刺さった。放物線ではなく直通する金属線だった。百年も過去の戦争の写実が超現実の事物の列挙法によって再現されていたのだった。そして同時にわたしとセルゲイは、ウラルの貧しい北西奥地が動員の標的にされ、その動員の調査選別の作業に着手する直前のことだったではないか。百年前というと、いうまでもなくわれわれのロシアは偉大なロシア帝国であり、皇帝《ツァーリ》がどのような人格であるなしにかかわらず、ツァーリを神の代理人として崇拝し信じ、どのように過酷な動員も死をも神の栄光として受け取った。偉大なる、剛勇なる、そして悲惨なる受難の奴隷だった、あの帝国の民族幻想は想像を絶していたではないか。ツァーリのためにロシアのナロードはイイスス・フリストスの御旗を掲げ、聖像を掲げて一丸となった。しかも有識の知識人たちまでが進んで義勇兵に志願し、死の塹壕戦に斃れた。それが、いま現代では、あの幻の帝国がとっくにこの世に存在しないというのに、なぜいまさらあの帝国幻想に回帰しなければならないのか。ナロードによる近代的な選挙によってえらばれる元首に、どうしてあの古《いにしえ》のツァーリのような幻想性がありえようか。

ヴァレリー修道士は薪をくべ足しながら、さらに思った。もはや、ナロードのそのような信仰の幻想力は破産したのだ。もういちど根源から行為しなければならない時ではないのか。〈神〉については、それでも大自然の、宇宙論的な自然の秘蹟という意味で、もう一度掴みなおすべきときに至ったのではないのか。わが身の内なる〈愛国〉について審問すべきときではないのか。愛するのは国家ではなく人であることを思い出すべきときではないのか。諸民族国家の領土戦争はあまりにも古くさくかび臭い。国境もまた同然だ。民族もまた同然だ。人類史がたどった厖大な旅路の苦難を思い出すならば、民族は全世界が同じ一つの起源であり、根源なのだ。ヴァレリー修道士の老いた思考は空転し始めた。いや、ユゼフ・ローザノフには何かまったく違った思念があるのに違いない。それはまちがいなく、根源が深く、古代的な、ロシア的な、そうだ、実にロシア的過ぎる過激な幻想的情念に違いないのではないか。しかし、もはや時代は異なる。

そこまで考えていたところに、賑々しく快活なイワンチクが飛び込んで来た。おりにつけヴァレリー修道士の静けさをうちやぶってくれるようになったイワンチクは、迷惑でもあったが、孤独なときには嬉しくもあった。入って来るなり言った。ついに、半年がかりで車の修理が終わって出来て来ました。部品が無くて半年待たされました。さあこれで、神父ヴァレリー、あなたの行動範囲は広がります。どこへなりとお供できます。もう吃音の名残《なごり》もないその賑々しい声の後ろから、思いがけない客人の顔があった。ダーシャ・イズマイロヴァだった。ヴァレリー修道士の冬の日の室内は暖かくなった。彼女は何という心遣いだろう、手料理の魚スープとボルシチをもってきてくれたのだ。琺瑯《ほうろう》びきの鍋が二つ。イワンチクが暖炉脇の置き場においた。風邪で寝込んでおられるかと、気がかりでした、と彼女は言い、そのまますぐに、実は、と言い出した。ユゼフ少佐のその後についての情報だった。イワンチクは窓際の椅子に掛けて、口ずさんだ。タガンローグに雪が降る、雪が降る……

ダーシャ・イズマイロヴァは話し出した。いいですか、ヴァレリー修道士、ドンスコイが無事に退院し、ウラルへ出発してからのことです。あれから幾日か経って、わたしは署長のフェリクス・ボゴスラフに連絡をとりました。それが、どうかしましたか、とヴァレリー修道士は身を乗り出した。それがですよ、とダーシャ・イズマイロヴァは思わず、ヴァレリー修道士の手を握った。彼女の話はこうだった。

署長が連邦保安庁のモスクワ本部に呼び出されて行ってみると、上級者たちがフェリクス・ボゴスラフに言った。あなたはユゼフ・ローザノフを少佐として任用した。その彼が、アゾフ地方で多発している脱走兵の処分について、違法もさることながら、非常に危険だとの内部告発が届いている。で、フェリクス署長は弁明した。その弁明には二十分も要した。〈審問〉のプロセスを導入したのは自分だが、それは、逮捕処理における冤罪《えんざい》がとみに多いことにかんがみて、もう一段階前の〈審問〉を導入した。そのことで、さまざまな案件における本質がわれわれに見えるようになった。われわれは国民に対して公正でなくては、ついに国民の不信を増幅するばかりで、そのことの将来へ向けてのマイナスは計り知れないことになりうる。少なくとも、われわれの〈審問〉というゆるやかな対話において、なされた案件の虚偽と実像、真実を知ったうえでの、そののちの予審、さらに裁判、判決というふうに、われわれの管轄下にある大なる権力について内省的であることが、やがては国益になるでしょう。

もう一点ですが、ユゼフ・ローザノフの復職については、わたしの前任地ペルミのゲー大佐、モコトフ署長他ともご相談し、推挙の労をとっていただきました。というのも、将来が嘱望されるまれにみる逸材だったところを、ユゼフ・ローザノフ大尉は身を投げ打つ覚悟で憂国義勇兵に志願し、なかんずく東ドネツク地方の最前線で困難をきわめた任務を遂行し、数々の殊勲《しゅくん》をあげたことです。その後、彼はもう一度、古巣であるエフエスベーで志を果たしたいとの愛国に情熱があって、タガンローグのわたしを頼って来た。わたしの前任地ペルミの後輩でもあったので、彼の人となりについては知悉《ちしつ》しているつもりです。

もう一点言い添えておきたいことがあります。われわれは十年も、三十年も未来に向かって戦争を続行するわけにはいきません。かならずや戦争の後始末ということで、われわれの仕事はいっそう重要性をもつでしょう。そのさいに、少なくとも、われわれの管轄下にある権力について、この先を射程に入れて、自覚的でなくてはなりません。わがロシアをさらにロシア的な未来ロシアにするためには、これは私見ですが、あえて言わせていただくと、国民ナロードにとって信ある機関となるべきでしょう。

ダーシャはタガンローグに帰って来たフェリクス署長からこのように聞いたというのだった。

ヴァレリー修道士は驚いた。モスクワでそのように発言しては即刻首が飛ぶと思ったのだ。いいえ、それがぜんぜん違ったのです。ダーシャはヴァレリー修道士の手を握ったまま言った。帰って来てからフェリクス署長はユゼフ・ローザノフに会って長時間話し合ったそうです。それは、いいですか、数ある脱走兵のうちから三名だが、無罪とした事案があったのです。これが部内から密告されたのです。それについて二人は話し合ったのです。その三名の脱走兵と言うのは、実は、審問で判明したのですが、脱走兵ではなく、兵営の上官から正式に丸一日の休暇をもらい、というのも戦場において格別の功績があった三名ということで、その休暇を利用して、その三名は前線の窮状を訴える陳情書を起草し、それをタガンローグのエフエスベーに届けようとしたところを、あの雪の日のタガンローグ中央駅で逮捕されたという経緯だった。で、その陳情書の執筆者は、ウラルの奥地から動員されたゲオルギー某という青年だった。他の二人も同郷者だったそうです。もし罪を問われるとすると、戦線離脱、脱走兵ということではなく、陳情書執筆という抗議行動ということです。これらは古来ロシアの自明の行動ですね。

ダーシャの話に耳澄ませながらヴァレリー修道士は、おお、神よ、神よ、何という秘蹟を！　と、声をあげた。ゲオルギー某《ぼう》だって？　ほんとうにそう言いましたか。ええ。フェリクス署長だってウラルをことのほか愛していますね。こんなわけで、いいですか、あのユゼフ・ローザノフ少佐は、審問を行い、対話し、その陳情書の原本をも入手できたのです。審問の前に、原本などなかったことにされていたのが、何と文書保管にちゃんと残されていたのです。文書主義ですからね。れっきとした動かない証拠です。もちろん、三名は審問の段階で正式に嫌疑が晴れた。ユゼフ少佐はただちに兵事課に書簡を送った。三名については、一年間の期限で除隊証明書を要請し、了承されたのです。エフエスベーの権力ですね。ただし本件については他言しないと三名は署名してです。三名は正式に除隊でき、ウラルへ帰ったということです。

ヴァレリー修道士は言った。それで、結局のところ、ユゼフ・ローザノフ少佐はどうなったのですか。イワンチクが窓際から立ち上がって言った。それは、このような情勢下であれば、よくて左遷じゃないですか。中国《キタイ》のことわざにあるじゃないですか。禍を転じて福となす。ヴァレリー修道士は喜びと不安とで立ち上がった。おお、ユゼフ大尉よ。あなたの根源は一体どこにあるのか。ヴァレリー修道士は興奮のあまり室内を歩き回った。ああ、ユゼフよ。きみのその出会いこそ、自然の秘蹟ともいうべきではないのか。うむ、間違いない、その三名のうちの一人は、もしや、あのセーヴァではないのか。ヴァレリー修道士は歩きをとめてダーシャ・イズマイロヴァのひざ元に身をこごめて言った。で、もう一人は、何という名でしたか。彼女は言った。それは聞きそびれました。ただ、三名はみなウラルが同郷だと。ヴァレリー修道士はまた立ち上がって腕を振って言った。いや、自然の秘蹟は一度に顕されるのだから、もう一人はまちがいなくセーヴァにちがいない。もしや、もう一人はセヴァスチャンと言わなかったですか。ダーシャさん、審問で、ユゼフ・ローザノフはその三人と、アンドレイ・ルブリョーフや、イコンについて話し合ったとかは聞かなかったですか。いいえ、聞きませんでした。ただ、署長はとても悩んでいましたよ。イワンチクが言った。右遷も、左遷も、ただ一時でしょう。わたしはなにも神秘主義ではないけれども、ウラルのその三人というのが気になります。これは〈トロイッツァ〉ですよね。イワンチクはそう言ったあと、タガンローグに雪が降る、雪が降る、と口ずさんだ。

4

ちょうどヴェロニカが、母の焼いたライ麦パンをもって来たので、まだ早いがにぎやかな午餐になった。黒い大きなウリのようなパンだった。イワンチクは暖炉の火の上に鍋をかけ、ヴェロニカはパンを切った。イワンチクは、暖めた琺瑯びき鍋の魚スープ《ウハー》の味見をし、素晴らしい鱈《トレスカー》だと言い、鱈だ、鱈だ、タガンローグに雪が降る、と口ずさんだ。さきほどまでの込み入った話をどこまで理解していたのか、饒舌だった。いいですか、ボルシチはヴァレリー神父の夜食にですね。さて、午餐はおもたせの鱈のウハー、ヴェロニカのご母堂のライ麦パン、そしてわたしが持参の濃厚な紅茶。いいですか、みなさん。わたしがポクロフスコエの駅前まで来たとき、ダーシャ・イズマイロヴァさんが慌てていて、私の車をタクシーだと間違って、まるで信号機みたいに腕をまっすぐ水平にあげているじゃありませんか。なにしろ六か月ぶりに修理ができて来た車ですから、わたしはミレナ谷へ、ヴァレリー神父に見せたくて走って来た。慌てて止まると、なんと、やはり、ダーシャさん、あなただった。鍋を入れたバスケットを二つ手に提げてですよ。

ダーシャ・イズマイロヴァは言った。ええ、とても重くてね。ありがとう、イワンチク。ですが、ひどい車だったこと。それはそうでしょう、とイワンチクは笑った。まさか、あなたがヴァレリー神父にボルシチとウハーのスープを届けましょうだなんて、聞いてわたしは感激しました。だって、そうじゃありませんか、ヴァレリー神父は心配なお齢ですからね。わたしなんか独り身、コロンナに罹って高熱でうなっていたって、だれひとり、このような美味なウハー、鱈のウハーを、しかもこのような花模様の、どうですか、この青い花は、忘《ニェ》れな草《ザブトカ》ですね、こんな琺瑯《ほうろう》びきの鍋で、とどけてくれるもんですか！

そこへヴェロニカは厳しく注意した。

ほら、イワンチク、早く早く。イワンチーシャ。小さなテーブルにそれぞれ深皿がならび、鱈のスープが湯気をあげた。ヴェロニカが切った黒パンは柔らかくてふっくらしていた。まざっていたのはヒマワリのタネだった。朝の遠出で空腹だったヴァレリー修道士は、スプーンでひと匙掬ってしまってから気が付いたが、うかつにも、お祈りをしていなかった。イワンチクは言った。空腹が先、祈りは後でも、祈ったことは事実です、と言って、素早く十字をきってライ麦パンとウハーを一緒に口に放り込み、何という美味、何という才能、と声を大きくした。ダーシャ・イズマイロヴァは何かに気がとられていた。鱈は真鱈《オケアンスカヤ》ですよ、タガンローグ市場で買ったものよ。どの深皿にも白い大きな切り身が浮かんでいた。イワンチクは何度も叫んだ。何という贅沢！　にぎやかさはうるさいくらいだった。そのあとお茶になった。イワンチクはたっぷりと砂糖を入れて言った。ただ、あえて欲を言うとですね、さくらんぼうのジャムなんか、いいですがね。それに、われわれのスープの深皿《ミスカ》はみんな違う模様ですね。下皿《ブルューツェ》もそれぞれマッチしていない。するとヴェロニカが言った。イワンチク、これは、一皿だけがヴァレリー神父のもので、あとは、ほら、みんな修復の手伝いの皆さんがもってきたものよ。あたりまえでしょう。イコン画もいいけれど、イワンチクさん、皿絵だって素敵よ。まさか?!　皿の絵付けに、イコンですって！　イワンチクは静かになった。また、タガンローグに雪が降る、雪が降る、と口ずさんだ。

　さくらんぼうジャムと聞いて、ヴァレリー修道士は大事なことを思い出して言った。イヨアン・ドンスコイとライシアが無事にウラルに着いて、ダニール修道院で暮らしていること、そしてライシアは川向こうのさくらんぼう農園に住み込みで働いていることなど、伝えた。ヴェロニカが、ウラーと喜びの声をあげた。手紙が届いた！　ヴェロニカはいますぐに読んで欲しいとせがんだ。イワンチクは立ち上がって、室内を歩き回りながら、突然のように言った。

　おぼろな記憶ですが、あのドンスコイという姓は、たしか、ペトログラード、クロンシュタットのバルト艦隊、ほら、水兵の反乱があったじゃないですか、あのときの重要な人物の一人が、たしか、ドンスコイという水兵だったと覚えているのですが、いや、まあ、関係はないか。……でしょうね。よくある姓ですからね。ヴェロニカはイワンチクを見た。それは一九二一年の冬でしょ。ボリシェヴィキの独裁化が強まって、ボリシェヴィキ政権にたいして反乱を起こした。でも、赤軍によって鎮圧された攻防戦だったでしょ。そうでしょ。言論や集会の自由を求めたんだから。鎮圧後、水兵たちは二千人以上が銃殺されたのよ。わたしが言いたいのは、とヴェロニカは拳を突き出した。いまの戦争を思うからです。

ヴァレリー修道士は紅茶の残りを飲みながら言った。おお、うっかり忘れていたけれど、ロシア革命の運命的な分岐点でもあったかな。おお、クロンシュタット……、さあ、ドンスコイか。名は思い出せないが。あの水兵たちはナロードニキの思想を受け継いでいたはずだね。最初はボリシェヴィキを支持したが、やがて革命の独裁化が先鋭になるにつれて、反ボリシェヴィキ政権の立場をとるようになった。おやおや、思いがけない重い話になった。ところで、しかし、かりにイヨアン・ドンスコイがどのようなご先祖をもっていようとも、いま大切な問題は、ライシアの手紙ですね。短いものですが、読み上げましょう。ヴァレリー修道士は手紙を取り出し、暖炉を囲んだ三人の前でゆっくり読み始めた。読むうちに、手紙なのにそれとなくライシアの声が聞こえ、詩のように思われだした。それは、ドンの河口で初めて聞いたライシアの、TRISTIA、トリスティア、いつも恋しいのは――と歌った抑揚がよみがえるのだった。左に傾いだ筆跡は、まるで紙を九十度くらい動かして運筆したようだった。
読み終わるとヴェロニカが涙を拭いていた。イワンチクも鼻水をすすった。ダーシャ・イズマイロヴァは立ち上がった。そうね、春になったら、ウラルへ行きましょう！　ウラルへ！

それからもう一度、新しく熱い紅茶がふるまわれた。それにしても、とイワンチクが話し始めた。ユゼフ少佐はどうなるか。ダーシャ・イズマイロヴァ、あなたはお会いになったんですか。いいえ。モスクワから帰ったフェリクス署長からのお話だけ。もしかしたら今ごろモスクワに呼び出されているかも分からない。イワンチクが言った。いや、それはないでしょう。悪くて左遷でしょう。というのも、ユゼフ少佐の脱走兵処置は時宜を得たものですからね。年を越す冬場にかけて、厖大な数の動員兵たちはみな、クロンシュタットのようにはいかないまでも、内心は先ほどのクロンシュタットの水兵叛乱のように、いや、現代の情勢とはまったく環境がちがうけれど、でも、心は同じでしょう、一体どこの戦線で、塹壕で、何が起こるか分かりません。もちろん、クロンシュタットのような水兵の組織があればですが。ですから、彼らは、つまりモスクワは、ユゼフ少佐の審問の結果の処置を、意外に評価しているかもしれないでしょう。問題は、残りの脱走兵をどう処分したか、ユゼフ少佐がどうしたかにかかっているでしょう。これって、口コミでもネットでも一瞬にして、前線の動員兵に拡散されるのですよ。一歩間違えば、ユゼフ少佐は左遷どころか、シベリア送りです。十年は禁固刑でしょう。しかし、ユゼフ・ローザノフは無事に乗り切るでしょう。それにしてもです。一体どうして、いったんエフエスベーを離れて義勇兵に身を投じた彼が、半年のうちに、いいですか、この重要なアゾフ地方管轄のエフエスベーに特任として復職出来たかです。これは先輩のフェリクス署長の引きたてでということではないでしょう。だれかが、有力なだれかがユゼフ大尉をタガンローグに推したのではありませんか。意味することが分かりますか。つまり、エフエスベーの中にも、何十万という吏員が全ロシアにはりめぐらされているのですから、とうぜん異論派があってしかるべきであって、そのどこかが、だれかの人脈が、ユゼフ少佐を必要としたというふうに、わたしは勘ぐっているんですね。さあ、ヴァレリー神父、あなたはどう思われますか。ポクロフスコエ村の素人画家の吃音のイワンチクが、何を言ってるんだいと思われるでしょうが、わたしとしては、もっと、十年先を見据えた人事のように思われるのです。わたしは予備役ですが、幸いにも動員から免れました。いまもって理由が分かりません。今ごろは南西戦線にでもやられていたことでしょう。もちろん行きますよ、しかし、その先は、だれだって、クロンシュタットの水兵を思います。で、そのだれかですが、神秘主義的ですが、彼はひょっとしたら天使に化身した何者かであるかも分かりません。そこまで一気に言って、イワンチクはフーと言って紅茶を飲み干した。

ヴァレリー修道士は思いめぐらしていたものの、ユゼフ大尉に会ったのは、これまでで、ペルミでの夕べと夜、そしてこのたびの審問、この二度だけだった。それなのに、はるか以前から、自分の若かった頃にも、外務省時代にでも、アフガン戦争出張の頃にも、どこかでたしかに出会っているような、時間を超えてというべきか、奇妙に親和的な感覚をおぼえた。ヴァレリー修道士は、ペルミのモコトフ署長のサロン、アリスカンダル老師の講演、そして、ダニール修道院長をたずねて冬のウラルまでやって来たプッチョーン老師のことを思い浮かべた。まさか、プッチョーン老師であろうか。いや、しかし、ペルミのエフエスベー気鋭の若きユゼフ大尉とプッチョーン老師とどのようなつながりがありえようか。プッチョーン老師はペテルブルグの財団の大物には相違ないが。風変わりな隠者みたいなご老体だった。いや、いささか古代ロシアの呪術師みたいな感じではあった。なかなか聖像画を描かないで、まるで描くことに抵抗しているようなセルゲイ・モロゾフを随分気に入っていた。なにか、同質の、呼吸、聖霊《ドゥーフ》が、セルゲイとユゼフにはあるらしい。そこまで思い辿ったものの、どこへも道筋は見えなかった。

紅茶を飲み干したイワンチクは断言した。いずれにしろ、左遷です。更迭《ペレメシチェニエ》です。でも、これは、いいですか、見かけ、です。へぼ聖像画描きのインスピラツィアによればです。ダーシャ・イズマイロヴァ、ここは怱々《そうそう》に、フェリクス署長にその後を聞いてみたらどうでしょうか。

考え込んでいたダーシャ・イズマイロヴァが言った。はい。考えてみますが、率直に言って、恐いですわ。いま気が付いたことがあります。わたしは図書館で何度か会って、お話を交わすことがあったのですが、あるいは、それが初めての対面でした。アンドレイ・ルブリョーフの《トロイッツァ》の本と資料の閲覧でした。それから、そう言えば、わたしは不思議とは思わなかったのですね。ロシア革命以後『サハリン島史』の何冊かが借り出されました。何を調べていたのでしょうか。わたしが何気なく、書庫から本を出してきてから、ふっと訊ねたら、本の目次を拾いながら、言いました。自分はサンクトペテルブルグ生まれですが、父祖の代は、サハリンのアレクサンドロフスクでしてね、というようなことをおっしゃって。別に気にもならず、ああ、そうなんだなと思っただけで、そのまま忘れていました。ええ、そのときのユゼフ少佐の目はとても輝いていた。よく覚えています。そう、厳寒の朝、長い茎の先に出来た霜花《しもばな》のような銀色に光るような目でね。

ヴァレリー修道士には初耳の情報だった。イワンチクが言った。

ほらね、どうです、わたしの預言は。そうです、サハリン島ですよ。みんなはイワンチクを見つめた。イワンチクは小さくなった。耳を澄ませていたヴェロニカは言った。わたしは、一月の降誕祭は、ウラルに行きたい。さっきのライシアの手紙で、詩人の「降誕祭の星」という詩、ねえ、ダーシャさんが彼女にコピーを与えたんでしょ。わたしも欲しい。ええ、いいわよ。詩人はボリース・パステルナークですよ。『ドクトル・ジヴァゴ』の著者です。

ヴェロニカは、おお、わたしはまだ読めていなかった、と言った。ヴァレリー修道士は彼女をなぐさめた。もう六十年余も前の古典だからね。でも、生きた古典だ。ああ、わたしがようやく読んだのが、海賊版だった。手のひらに収まるくらいのぺらぺらの黄色い表紙にタイトルも印刷されていない小さな二冊本でね。いまのわたしならルーペでもないと読まれない小さな活字でね。あとで知ったが、海賊版は、法王庁のヴァチカンの印刷所で秘かに印刷されて、ヴァチカンがね、いったいどうしてそんなことが出来たのだろうか、われわれロシアにもたらされたということで驚いた。そうそう、巻末に、福音書モチーフの詩篇がたくさんあって、それでわたしも詩篇の方から読んだ。おお、ヴェロニカ、一月の降誕祭はウラルへというのかね？　おお、わたしだって行きたいくらいだ。しかし、いつ、セルゲイ・モロゾフがここに来るかも分からないからね。

第6章　十二月の別れ

1

地上の、ロシアの、その南部のアゾフの、そのタガンローグの、その奥のミレナ谷の、崩れかけた修道院の、その庵室の、その小さな暖炉の前で、ここが地上の生きの最後の一点だとでもいうように、十二月の烈風が雪煙を光のオーロラのように揺らせていくのを見つめながら、ヴァレリー修道士はすっかり世界から取り残されたのだった。十二月の冬は早くこのひと年を終焉に導こうと、積雪によってではなく厳寒と微塵の雪煙のヴェールで顔を覆いながら走り廻っていた。世界はいたるところの、彼の外延で荒れ狂っているが、ヴァレリー修道士はそれらの実体を感得することができなかった。体調を気遣ってたずねて来るヴェロニカがそれらを教えてくれるのだったが、それらが真の現実だと意識しながらも、白昼夢であり、目覚めると何事もなく人々は暮らしにいそしんでいるのだと思い、ただ祈るしかなかった。その祈りも世界のためにどのような救いになるのだろうか。今しがた強風の中を、晴れ渡った光だったので、紅潮した大きな花のようにヴェロニカが見舞いに来て、そして語らって、また大急ぎで帰って行ったが、いなくなってしまうと、祈りというのは、それらの人々の姿を思いうかべて救いの言葉を風の中に探すことのようにさえ思われるのだった。

ヴェロニカは言った。ヴァレリー神父、わたしはやはり降誕祭には、ウラルへ行きます。決心しました。春が来たらペルミの大学へ編入学できることが分かったのです。わたしだって旅に出なくてはならない秋《とき》です。ご両親はどうなんだね、とヴァレリー修道士は訊いた。ええ、ちゃんと説得できました。学費の半分は仕送りしてくれるのです。あと半分は、奨学金です。で、何を専攻するのかな。はい、決めました。宗教学ですが、特にウラルの土着信仰ですよ。いいでしょ。ロシア正教以前の人々の自然信仰の歴史です。ヴェロニカは確信をもって言うのだった。ペルミに行けば、友がいます。ライシアです。わたしは農家の子ですからね、さくらんぼう園で働くことになるライシアを手助けすることもできます。わたしはトラクターだって運転できます。農事のことは子供時分から知っています。わたしの体の一部です。さくらんぼうの新しい品種だって改良できると思います。はい、わたしって、現代のデジタル世界に特化する分野には、それは関心はあるのですが、そこへは向かいたくないのです。どうしても、土壌につながる木の根っこのようなところが好きなのです。たしか、いつだったか、ヴァレリー神父は、自然の秘蹟、ということで話していたでしょう。わたしはその秘蹟を思うのです。そうなると、やはりわたしの関心は、ウラルの土着民族の宗教と民俗へと関心がいくのですね。ヴァレリー修道士は言った。ヴェロニカは学者《ウチョーヌイ》になる。そうです。ヴァレリー修道士は思い返した。何という希望だろう。一生がかかっている。いや、ロシアの碩学とはとくに女性はそういうことだ。ヴァレリー修道士は自分がこれまでに出会った女性の学者達の生き方を思い返した。突出した理論家ではない。しかしそのような理論を実証できるような発見をなしとげる発掘者なのだ。

ヴェロニカは寒風と光の中を帰って行った。ヴァレリー修道士は独り取り残された。自分が生きて来たことはすべて過去であって、その過去がまだ記憶に生きていて、それがわたしを生かしている。そこから新しいものを取りだしても、もはや生きる時間は少ない。ヴァレリー修道士はヴェロニカがもってきてくれた真っ赤な色の蜜柑《マンダリン》の皮を剝いた。一瞬の芳香にヴァレリー修道士は夢のように地中海世界を思い出した。勤務していた頃に一度だけ夏の休暇で旅したときの思い出だった。手に重いマンダリンのみずみずしい果汁は胃腑よりも心に胸もとに広がった。二度とわたしは行くことはあるまい。しかし、わたしが行けずとも、そのうちにセルゲイ・モロゾフがあの光をこの大地に再現してくれるだろう。風邪薬が効いてヴァレリー修道士は眠りに落ちた。

眠っているあいだに、ヴェロニカの父や仲間たちがやって来て、ヴァレリー修道士の庵室のまわりの壁もドアも冬の隙間風が入るので、青いシートを貼り付けに来て仕事をしていた。やがてセルゲイ・モロゾフがやって来てイコンが描かれるだろう漆喰塗りの壁の聖堂はまだ木組みが残っていて。マイナス10度酷寒の工事現場のままだった。庵室のシート張りの作業が終わると、みんなは聖堂に集まって焚火で暖をとった。その中にはイワンチクも混じっていた。イワンチクは皆に自慢した。最近、絵皿にイコンを描いているが、これが好評で、ロストフ・ナ・ドヌーの土産店で売れ行きがいい。絵皿のままでイコンとして飾っておけます。

ヒントは、あなたのヴェロニカがくれたんですよ！　さらにウオッカがまわると、イワンチクは、ここだけの話だがと断って、タガンローグのエフエスベーのユゼフ少佐について秘密めかして話した。みんなはイワンチクの論に賛同した。いきなりただ少佐で来たのではない。将来のロシアのための布石だ、とイワンチクは言った。さらにもう一杯ウオッカを飲み干すと、イワンチクは言った。あのユゼフ・ローザノフは、いいかね、言うなれば、現代の天使《アンゲル》なのだ。みんなは笑った。あなたたちは教養がないから笑っているが、いいかい、人には必ずや人ならざる存在者が入るよき時があるのだ。それが天使であったり、悪霊、デーモン、ベスイであったりと分かれる。その中間もある、みなさんはその中間的存在者が入っているね。この修道院にタダ働きの修復に加勢しているみなさんは、天使とまでいかないが、さりとて悪霊ではない。どちらかというと善霊に近い。でも、天使は、次元が違う存在者に発する。まあ、聖霊的な存在者です。もっと分かりやすく言えば、宇宙自然からの客人《ゴスチ》だね。われわれナロードを苦難から救い出すために、人に入って顕われたのだ。われわれのこのならずもの悪党どものロシアでは、この天使の伝統は根っこが深い。黒い文豪プーシキン以来だ。そしてナロードニキに至る。革命ロシアをもたらした受難の天使たちだ。みんなイイスス・フリストスの弟子たちだ。
　そこまで言って、イワンチクはウオッカの杯を伏せた。現代で、天使が入る人は実に稀少だ。絶滅危惧種と言っていいが、しかし必ず現れる。いきなり大きいことをなすわけではない。身近な小さいことから始めるのだ。言葉は光だ。その光の剣で洞窟のドラゴンを刺し殺すのだ。このようにぶっているうちに、イワンチクは笑われた。イワンチク、イコンの絵付けを描いて、そんなに景気がいいんだったら、ここの修復に寄付してもらわないとな。イワンチクは、いいとも、もちろんだと答えていた。実はわたしには情熱《ストラスチ》がある。セルゲイ・モロゾフがここに立ち寄って、ここの左壁にイコンを描くとして、そのときは、わたしには右の壁に描かしてもらいたいと思っている。わたしはイコンはイコンでも植物中心だからね、この世の花も木もぜんぶびっしりと描かせてもらいたいのだ。すぐにはだれも、いいとは言わなかったが、ヴェロニカの父が賛成した。

　この間にヴァレリー修道士は昏々と眠りに落ちていた。ようやく目覚めてのちに、ヴェロニカの父とイワンチクが室に来て、容態に安心した。みんなで話しあったが、右壁にはイワンチクが植物イコンを描くということで話がついたが、ヴァレリー修道士、どういうものだろうか。そうヴェロニカの父が言うと、ヴァレリー修道士は言った。イワンチクは暖炉に薪片をくべ足した。ヴァレリー修道士は大いに喜んだ。セルゲイ・モロゾフは左壁。イワンチク、きみが右壁。実に名案です。やはり、土地のイコン画家が大事です。いや、へたくそというのではありませんよ。土地には土地の聖霊がいますからね。さあ、イワンチクには励んでもらわなければなりません。イワンチクは涙をこぼさんばかりに感激し、ヴァレリーの額に手をのせて、おお、おお、熱がきれいに去ったと叫んだ。

ヴァレリー修道士はベッドから半身を立てて言った。奇妙な夢を見ていたのが、さっと思い出された。ねえ、イワンチク、きみは言ったよね。ユゼフ少佐には秘密の人脈があるのではないかってね。それでわたしは夢に見たのかも分からない。ユゼフ・ローザノフの異母兄が夢に現れたのだ。モスクワでもなみなみならないところにいるんだよ。わたしが呼ばれて行くと、洞窟のような執務室で厖大な書類を決裁しているところだった。なぜわたしのような者が呼ばれたのかたずねると、彼は立って来て、あれはわたしの唯一の肉親だ、この先も見守って欲しい、と言うのだった。あやういときは、いつでも知らせるように。

ユゼフと瓜二つの顔でよく似ていたが、髪の色がちがった。イワンチクがすかさず言った。黒じゃなかったですか。ヴェロニカの父が、イワンチク、夢は色がつかない。ヴァレリー修道士は笑った。アダム・ゴレンコ、わたしは色付き《ツヴェトチノイ》の夢をよく見ます。たしかに黒い縮れ毛でしたよ。イワンチクは言った。まさにユーラシア的守護神ですね。ところで、ユゼフ少佐はいまどうされているのでしょうか。ダーシャ・イズマイロヴァから何か報せがありましたか。あれ以来、わたしはもうすっかりファン《ポクロンニク》なのです。

2

十二月の人々は懸命に動いて働いて、遠景で戦争が膠着しながらもいつ果てるとも知られず、経済状況はそれなりに劣悪ではなく、ほどほどに暮らしがいつものようでありさえすればと心が晴れて、遠景のありとあらゆる情報にもなれてしまい、十二月の日々は一日一日、この年の終わりへと近づいていった。逆に言えば、新しい年の方が、さしたる変化がないように見えるこの年の十二月へと、祝祭の樅の木の緑の針葉をひろげて近づいて来たとも言えるのだった。タガンローグのアゾフ海は河口付近がすでに氷結を始めていた。ヴァレリー修道士は何日も費やしたが、ようやく風邪は癒えた。

ヴェロニカのウラル出立の日がとうとうやって来た。ヴァレリー修道士はダニール修道院長あての手紙をもたせた。餞別にと四万ルーブリを手渡した。イワンチクからは一万ルーブリの餞別だった。イコンの絵皿のヒントに対する感謝も込めたのだ。ヴァレリー修道士の室で小さな別れの宴がもたれた。ヴェロニカの両親、修道院の修復の仲間が三人、そしてイワンチクだった。ウラルの旅にもたせる土産物が大きなリュック一つ分もあった。みんなはお茶を喫して語らいあった。冬のウラル山脈はどのような絶景であろうか。毛深い雪男《イエティ》が奥地に棲んでいるのではないか。美しい石の花が咲いていると聞くが、などなどと話に花が咲いた。約束じゃ、復活祭までには、きっと聖像画家のセルゲイ・モロゾフによる聖なる壁画ができあがっているだろう。何があっても帰ってくるのだよ。ヴェロニカの父は誇らしげに言った。このヴェーラが男だったらと思ったものだったが、いや、娘でよかった。みんなはヴェロニカの美しさに惚れ惚れした。ヴェロニカの母はしきりに涙をぬぐっているが、うれし泣きだったのだ。婿さんをとってうちの麦畑をまかせたかったが、学問《ナウカ》をしたいというのだから、これほど栄誉なことはありませんよ。ウラルで学問をするんですからね。彼女が焼いたヒマワリ種子まぶしの大きなケーキをみんなは食べた。ヴェロニカは身長も伸び、少女からいきなり女性になったとでもいうように光りかがやいていた。瞳はアゾフの海の色、長い麦色の髪はうしろで巻き上げていた。どの別れも、どんなささやかな宴もこれが最後だというような愁いではなく、喜びにみちあふれていた。

中座したイワンチクがミレナ谷の上に停めてある車にエンジンをかけて、また戻って来た。イワンチクが車でタガンローグまで送ってくれるのだ。

ヴェロニカは太って小柄な母を抱きしめた。それから父のアダムががっしりした胸にヴェロニカを抱きしめた。おまえに、神のご加護を、すべてのよきことを祈る、と言ってから、急にハンカチを取り出して涙をぬぐった。ヴェロニカは両親に言った。いつまでもあなたたちの娘です。ヴェロニカの父は言った。あと二十年は、まずわたしたちは大丈夫だ。心配せずに励みなさい。生きなさい。母のエヴドキアは言った。わたしの唯一の喜びのヴェロニカ、わたしが車椅子の身になっても、学問の方が先なんだからね。ヴェロニカ、ヴァレリー修道士、イワンチク、そして分厚い冬外套の農場仲間たちは、修道院の崩れかけた門の前で別れた。菜園の畝には緑のまま凍ったキャベツやヨモギの立ち枯れが、吹雪のあとの白いすじを描いていた。

イワンチクの運転で車は走り出した。ヴァレリー修道士は右側の助手席に乗った。ヴェロニカは後部座席に大きな二つの荷物と一緒だった。タガンローグ駅ではダーシャ・イズマイロヴァが見送りに来る手はずになっていた。タガンローグまでの海沿いの幹線道路は凍り付いていた。ヴァレリー修道士は、イワンチク、スピードの出し過ぎだよ、と何度か注意した。冬タイヤかね。イワンチクは言った。まだ夏タイヤで我慢です。我慢だとはね。ほら、すべるぞ。いえ、なれた道です。心配ないです。あちこちに警官が出ていた。イワンチクは言った。かりにですよ、宴でウオッカをやって捕まったら大変ですが、チャイでよかった。なに、そのときは、ウオッカじゃあない、飲んだのはコニャックです、と言えば、問題はない。ウオッカはアルコールだが、コニャックはアルコールとは見做されない、アハハハ。イワンチクはスケーターのように灰色のぼろ車を疾走させた。軍用車に何台もクラクションを鳴らしたて追い越されるとき、幌の中に兵士たちの顔が見えた。ぼこぼこの車を笑っていたのだ。イワンチクは、いつものように、タガンローグに雪が降る、雪が降る、と口ずさんだ。

それから同時に、ユゼフ少佐が、と声が重なった。イワンチクが一瞬早かった。ユゼフ少佐はどうなったでしょうか。神父ヴァレリー、心配じゃないですか。今日は、ダーシャ・イズマイロヴァから聞き出しましょう。うしろからヴェロニカの声だった。一体、ユゼフ少佐って誰《クトー》なのでしょう。誰なのでしょうって、とイワンチクは言った。それは決まっています。いいですか、ほんとうの、革命家《レヴォリュツィオネール》です。何ですって、とヴェロニカは驚いた声をあげた。レヴォリュツィオネール、ですって？　イワンチクは言った。死語だと思っていたのかな。革命家、いまだ死なずです、アハハハ。イワンチクの思いがけない言葉にヴァレリー修道士は息をのんだ。助手席のヴァレリー修道士はイワンチクの横顔を見た。もはや吃音の一音もないイワンチクは茶色の長髪にロシアの冬帽をかぶり、細面《おもて》の端正なプロフィールで、鼻梁は高く、右の瞳が黒曜石のように煌めいて見えたのだ。ヴァレリー修道士は言った。なるほど、ユゼフ・ローザノフは、革命家か。ですね《ダァァァ》、とイワンチクはタガンローグの市中に入ったので、せわしなくハンドルを切り、交差点を渡り、中央駅へと回り込んだ。中央駅は西寄りの風が吹き、微塵の雪の粉がきらきら渦を巻きあげていた。古風な美しい駅舎は中世の城塞のようにそびえ、また大きな帆船のように帆をあげていた。それはトーポリの巨木たちが並木になって背後を守っていたからだった。

ヴァレリーは思わず知らず、ところで、イワンチク、イワン・イワヌィチ、きみはいま何歳だったかな、と言った。イワンチクは言った。正確には、イーワンですよ。わたしはポーランド系ですからね。オデーサの出身でした。年といっても、こう答えましょう。ユゼフ少佐と同い年とね。だから、分かるんです。わたしはポクロフスコエ村のへぼ絵描きですが、れっきとした同時代人、同世代なんですからね。いいですか、わたしたちはゴルバチョフ時代に生まれ、たちまちにして、社会主義国家を一夜にして崩壊させられた組なんです。その廃墟の、精神的廃墟の中を、その喪失感の中で、カピタリズムの水でむりやり洗礼されて、わたしだってそこそこ生き延びた。芸術大学も中退でしたけれど。この精神的な、そう、裂傷は、言うなれば、〈聖痕《スティグマ》〉のごときものです。いや、わたしの場合は火傷の跡ていどですが、それでもスティグマであるにはちがいありません。比喩的ですが、イイスス・フリストスのあの傷痕は、きっとユゼフ少佐の脇腹に顕《あら》われているんですよ。真の革命家は、それによってしか生まれないのです。わたしはわたしで、生身で国家崩壊後の暮らしの中で、火傷《やけど》の傷くらいですが、たえず、わたしは立ち止まり、想起し、傷跡に手を突っ込みたくなるのです。ああ、ヴェロニカは泣き出しそうな声でうしろから言った。何という世代でしょう、分かるような気がします。

イワンチクは巧みに路上に駐車の空き場所を見つけて車を滑り込ませた。ヴェロニカは大きなリュックを背にした。もう一つの荷物はイワンチクが持った。駅舎の中は混雑していた。

人々が遠くまで大移動するためにもう早めに押しかけているのだ。その人々の中にまぎれると、ヴァレリー修道士は、まわりがどこのだれとも分からないが、そのさまざまな、それでいて一つの声であるような声の賑わいの渦にのみこまれて、安心感を覚えるのだった。それは連帯感の感情に近かった。母親に手をひかれている子供たちはどのような身形や顔をしているにしても、みな神々しい子供の天使だった。母親たちは生命のかたまりのように熱量をぷんぷん発していた。体全体に荷物をかかえていた。他人のことはどうでもいいが、自分たちだけで充実していて、それが混沌とした連帯感を生み出し、人々は互いに繋りあっているようだった。

喧騒に包まれた天井の高い待合のホールを出て、巨大な上屋のプラットホームで、イワンチクは目ざとくダーシャ・イズマイロヴァを見つけた。ダーシャ・イズマイロヴァは優雅にヴェロニカをよく見つめ、抱きしめた。わたしもいっしょにウラルへ行きたかったけれど、春にはね、きっと。ごめんなさい。彼女は豪奢とも見える毛皮の半コートを着ていた。そして黒い鞣革のミニスカートに、膝までくる冬のブーツをはいていた。ダーシャ・イズマイロヴァは大きな紙袋の手提げを餞別に渡した。冬のウラルのために。ヴェロニカはその場で袋の包みをあけて喜びの声をあげた。どうしてわたしの好みが分かったんでしょう。そりゃ、分かります。わたしも、あなたの年頃には、こうだったから。花模様が編み込まれた手編みの分厚いスウェーテルだった。ダーシャ・イズマイロヴァは金色に輝いた。ヴァレリー修道士はこの二人に見惚れた。ここに、だれかもう一人いれば、三人姉妹だ、そう思ったのだ。
すでに列車は入線していて、エンジン音を響かせていた。乗客が次々に自分の車室を求めて、列車に乗り込んでいった。ロストフ・ナ・ドヌーで、乗り換えて、それからウラルへ、ペルミですよ、とダーシャ・イズマイロヴァは言った。ヴェロニカは、大丈夫です、と言った。大丈夫ね、とふたたび念を押した。これまでどれほどのプラットホームでの別れを経験してきたことだろうか、ヴァレリー修道士は胸が締め付けられていた。長いプラットホームには寒気が詰まっていた。人々の動きが寒気を感じさせなかっただけだった。他のプラットホームに列車が氷塊をつけたまま熱く燃えるような音で入って来た。みんなはヴェロニカを三号車まで見送った。見送りの三人ともが、心に思っていたのは、どんなささやかな旅立ちであれ、この先どのような運命が待っているかは、神のみぞ知ることなのだと、だからこそ、この一瞬のひとときこそが止まった永遠なのだと――、そして発車のベルも鳴らさずに、列車は滑り出していた。ヴェロニカはデッキのドアガラス越しに手を振った。轟音が上屋の天井に響き渡った。

残された三人は急に空虚を覚えた。イワンチクの車を駅前に路駐させたまま、駅前にあるこの前と同じカフェ《ドゥーシェチカ》に寄ることにした。三人は前と同じ席を見つけて坐った。ガラス窓から駅の通りが見え、人々のコートがせわしなく行き交っていた。熱いチャイで乾杯した。イワンチクはジャムを特別にとった。ヴェロニカの旅立ちと成功のために。それからわたしたちの幸いのために。イワンチクが立ち上がってもう一度乾杯した。戦争の悪霊を追い出すために。あるいはロシアの〈聖痕《スティグマ》〉のために。イワンチクはジャムを舐め、紅茶を啜り、それから言った。ところで、単刀直入に言いますが、ダーシャ・イズマイロヴァ、ユゼフ少佐の動向はどうなっているのですか。ヴァレリー修道士は、このときふっと思い出していた。この前は、この席の衝立のうしろで話し合っていた三人らしい話し声のことだった。あのうちの一人は、セーヴァだったのではないのか。もしセーヴァだったら、わたしに気づいているはずだが。たしかにウラルだと言っていた。奇跡の釈放だとも聞こえた。

イワンチクの質問にダーシャ・イズマイロヴァは答えた。フェリクス署長の話ですよ。詳しく他言はできないが、すべて秩序ただしく行われた、という話だけでしたよ。イワンチクはフーとため息をついた。もし、全員釈放、無罪放免、脱走罪は立件されず、無事に除隊できた、ということなら、もの凄いことですよ。奇跡でしょう。どうして可能だったのか。で、それで、ユゼフ少佐はいまどうなさっているのですか。ええ、あなたが〈預言〉したとおり、左遷です。おお、とイワンチクは叫んだ。更迭ですね。そのようですが、でも、そうとばかり言われないようですよ。

どういうことですか。どこへですか。はい、サハリン島だそうです。おお、何ですって、サハリン島ですか、まるでそれじゃ流刑じゃありませんか。いいえ、ダーシャ・イズマイロヴァは笑いながら言った。いいえ、ユゼフ少佐が望んだそうです。何故？　ええ、そこまでは。でも、今、サハリン島では、動員兵の徴兵関係で大きな問題が起こっていて、というのも、契約兵の諸問題です。給料が一般水準の四倍くらいでしょう。それで、貧しい動員兵たちは契約兵になって、でも、最前線にやられるので戦死者が続出しているそうです。それで、サハリン州は大きな問題をかかえているのです。イワンチクは言った。それでは、ユゼフ少佐はすすんでその難題を解決しようというのですか。サハリン州のエフエスベーの長になってですか。おそらくはね。イワンチクはさらに言った。おお、おお、ユゼフ少佐は一体何を考えているのか。

黙って聞いていたヴァレリー修道士は、ふと何かが見えるように思った。ひょっとしたら、これはチェーホフの〈サハリン島〉調査の思想を新たに現代で継承することなのではないのか。ヴァレリー修道士はダーシャ・イズマイロヴァに言った。たしか、ダーシャさん、あなたは言っていませんでしたか。ユゼフ・ローザノフがあなたの図書館で〈サハリン島史〉を借り出したことがあったと。ええ、そうでした。サハリン島は、自分の父祖の地だとも。イワンチクの目が輝いた。やはりそうだ。やはりそうなんだ。われわれの世代なんだ。もう一度やり直す覚悟だ。革命家《レヴォリュツィオネール》……。イワンチクの発音は、〈R〉音が、舌足らずな〈L〉に聞こえた。

第7章　降誕祭の星

1

　ヴェロニカが旅立った後、タガンローグ地方は悪天候がつづいた。ヴァレリー修道士はひっそりと老いをおぼえながら年の終わりをむかえるのだった。正教会の日暦はまた一枚また一枚と剝がされた。そこには当然のことだが幾人もの聖人聖女たちの名が書かれ、祝祭行事の細やかな記述があった。ヴァレリー修道士は一枚剝がしては、かろうじて自分がそこへとつながっているのか、それとも次第に遠のいているのかおぼろげだった。そこには幾人でも現世で見知った名前がならんでいた。セルゲイの聖名もあったし、ヴェロニカという聖女の聖名もあった。

　谷間の小さな修道院は吹雪に格好の吹き溜まりとなった。訪ねて来る人も稀になったので、除雪の必要もないのだが、体ならしに、思い立ったときに、ほんの少しだが、除雪板の雪除けで吹き溜まりを片付けた。薪を巻いた庇の下までの雪の小径を片付けた。それだけで物愁いのあつまる心が晴れるのだった。小一時間も動くと汗が出て、汗が出るのをしおに庵室にもどった。ヴェロニカの父たちが以前、ヴァレリー神父、ついでだから、サウナ小屋でもおったてましょうかと提案したことがあったが、ヴァレリー修道士は固辞した。お齢ですから、折々に体を温めないといけません。ここには昔ながらの大きな盥《たらい》がある。湯を沸かして、盥で体を洗うだけで十分です。農場主たちは笑った。土牢に入れられているわけではないでしょうに。これだから修道士さんは困る。実際にヴァレリー修道士は暖炉の火に大きな鍋をかけて湯を沸かし、その湯を盥に入れて、湯浴みした。湯浴みといっても全身湯に浸かるのではなく、洗うだけだった。冬になったので、盥は室の奥に運んで来て、小舟のように立てかけてあった。それを見てイワンチクは、舟形の棺みたいだと批評した。白布と包帯でぐるぐる巻きにされた柩ですよ。じつは、イワンチクがそう批評した理由もヴァレリー修道士には分かっていた。イワンチクは聖堂の右壁に花ばかりの聖像画を描き、その中に、たくさんの小さな舟形の白い柩を、花のように浮かべたいともらしたことがあったからだ。

そうだ、あれはどこの教会だったろうか、とヴァレリー修道士は記憶を呼び出した。ええと、あれは、モスクワ州のどこだったか、たしかペレデルキノの谷間の主変容祭教会だったろうか、門の破風の下にイイスス・フリストスのイコン画が見下ろしていて、その右壁には、幾つもの死者の舟形の棺が、まるでいま海から帰って来て、舟を乾かしてでもいるかのようだった。いや、あれは、死者といっても、成人たちではあるまい。子供たちであったのか、いや、中には老いた人たちでであったのだろうか。あのような、まるでエジプトの葦舟にのって、何処へ向かうということだったのか。主変容祭教会の黄金のネギ坊主《クーポル》の上には青空がひろがり、白い雲がゆっくりとまっていたし、敷地を仕切る白樺林の前に建てられたバラックのような建物の前には、幼子を抱いた母親たちが行列し、わが子がバラックの中で洗礼を受けるのを順番待ちしていたではないか。もちろん自分は黒衣だったので、バラックの黒い幕の裂け目からのぞいたのだが、闇の中で赤ん坊たちが泣き叫んでいた。生簀《いけす》のような巨大な盥のなかの幼子たちはザブンと水に漬けられ、水から取り上げられた瞬間、人の声で泣き叫んでいるのだった。僧衣の腕に抱えた洗礼者の司祭たちは互いに闇のなかで笑顔だった。太い腕で赤ん坊を布にくるみ、ただちに母親の胸に渡すのだ。洗礼がすんだ幼子は母の腕に抱かれて、出口の天幕から出て行く、その瞬間、裂け目から光が中に射しこんだ。こうして幼子たちはこの世の人となった。この世に生まれ、洗礼され、洗礼名を得てはじめて、この世の人となる。自分の名も、かつてのどなたかの聖人の名が受け継がれたはずだが……、と思い出しているところに、ふたたび吹雪の渦巻く声が聞こえだした。

冬だった、十二月の夜だ、吹雪だった、ヴァレリー修道士は吹雪の声だと夢うつつに思ったものの、ああ、これは冬の天使が自分を慰めにやって来たのだと思ったので、半身を起こし、いつもの常夜灯の手燭を手にして、室から、玄関ドアのある控えの間の廊下に歩き出した。

この夜更けに、誰だというのか、いや、天使だとすればだが、と思った瞬間、これは逮捕されるということだと気がついた。しかし、そう思ったところで、どうにもなるものではない。いや、これはただの悪夢の中だと思い、ヴァレリー修道士は扉を叩く吹雪の声に耳を澄ませ、どなたでしょう、お待ちください、と言った。開けたとたん吹雪の翼がはためき、吹き込み、目の前に立っていたのは、ヴァレリー修道士はわが目を疑ったほどだが、ほんとうに天使と見まごうばかりの、どこの誰とも見覚えのない美しい若い青年が一礼し、慇懃《いんぎん》に挨拶したのだった。軍服に将校外套を肩から羽織っていて、襟章《エポレット》には吹雪の雪ひらが残ってでもいるように思われた。ドアを閉めるまえにその天使さながらに青年は、背後にいた黒い影に、上でエンジンをかけたままでしばし待っていてくださいと、命じた。そして毛皮帽を脱ぎ、手ではたはたと雪をほろい落とした。襟章の星からいって、中尉《レイテナント》だろう。眠れない混沌から目覚めたようにヴァレリー修道士は、どうぞ、お入りくださいと言い、手燭の火を高くかかげた。フェルトの冬靴やスコップがおいてある狭い控えの間の壁に、さっと影が映った。その腕は天使の翼のようにやわらくて大きく動いた。室の暖炉の燠火《おきび》はまだひそかに燃えていた。すっかり安心したヴァレリー修道士は暖炉の前の椅子をすすめた。

軍服の若々しい天使は感謝を述べて椅子にかけた。見ると、どこかでよく見知っているはずの、目を伏せて、はにかむような、静かな笑顔を、ようやくヴァレリー修道士の方に向けて告げた。二人は暖炉の熾火の前で向かい合った。はい、ミレナ谷と言っても範囲が広くて、しかも吹雪いてきて道に迷って、やっと探し当てました、と彼はゆっくり、ヴァレリー修道士の目をまっすぐに見つめながら話し出した。

びっくりさせてしまいましたか。推察できますよ、こんな十二月も尽きようとする夜半にこのような客となれば、さぞかし不審に思われたに相違ありません。ギョッとなさったのではありませんか。アハハ、ロシア史的無意識によってですが、しかし、いいえ、この通り、モスクワ軍管区に任用された大隊中尉、エヴゲニー・カサートキンです。はい、ジェーニャでいいです。今は前線ではなく、いわば銃後で政治コミサール的な任務です。わたしは今夜のうちにロストフ・ナ・ドヌーを発って、急遽モスクワに戻る命令を受けています。で、その前に、ヴァレリー・グロモフ修道士、あなたに伝言をあずかっているので、とにかくタガンローグにいる間にお伝えしたかったのです。はい、どなたからだと思いますか。おお、そうです、ユゼフ・ローザノフ少佐からのメールによる伝言です。

おお、おお、何ですって、ユゼフ少佐ですって。ヴァレリー修道士はひさびさにこのように優雅で気品ある若い人に会う喜びを感じた。そのロシア語は歌うような調べだった。ヴァレリー修道士は夢のなかでまた新しい夢から現実へと迷い込んだような気持ちだったが、小卓に置いた手燭の炎が背後の壁で金色の翼を落としているのだった。若いコミサールはユゼフ・ローザノフの伝言の折り畳んだプリントの一枚を差し出した。ヴァレリー修道士は、慌てないように装いながら、印字に見惚れ、そしてたちまち読み終えた。

——急ぎ、ジェーニャにこれを託します。深く敬愛なるヴァレリー・グロモフ修道士、わたしはいまシベリアのハバロフスクで或る調査をしているところです、年の終わりには、空路でサハリンのユジノ・サハリンスクに飛び、そのあとサハリン島最北のアレクサンドロフスクに行き、そこで春を迎えることになります。これはわたしから望んだことです。詳しくはそのうちにお伝えできるでしょう。われわれの天使たちがそれを運びましょう。タガンローグでともに新年の降誕祭を迎えたかったのですが、ご宥恕《ゆうじょ》を乞います。わたしは、亡き父祖の地、アレクサンドロフスクで降誕祭を迎えるでしょう。何年とは言いませんが、我慢づよく待ちましょう。

追伸　実に驚きました。ウラルのペルミまで、何という偶然でしょう、いや、あるいは必然でしょうか、同じ列車であなたがたの若いヴェロニカさんに出会いました。食堂車で。いろいろお話を聞きました。わたしはペルミに立ち寄る暇がなく、そのままシベリア鉄道本線に乗り換えて、ウラル山脈を越えました。父祖の地は初めてなのです。冬の白鳥のように、天使たちがこの世に増えるのを待ちます。若いジェーニャ・カサートキンは大いなる天使です。ああ、それから、ダーシャ・イズマイロ

ヴァにはわたしから熱い連帯の友情を送ります。　あなたのユゼフ・ローザノフ

読み終えたところに、ふたたび吹雪が控えの間の戸を叩いた。カサートキン中尉、もう時間です。そう兵士が吹雪と一緒に叫んでいた。カサートキンは立ち上がった。これからロストフ・ナ・ドヌーまで車で疾走します。立ち上がったとき、彼は東の壁に掲げられているイコンに気が付き、おお、と言った。ヴァレリー修道士の持った燭台のロウソクの炎が大きく揺れ、聖像画の翼が黄金に輝いた。セルゲイ・モロゾフの描いたイコンです、とヴァレリー修道士は言った。イコンの画像の翼は暗く燃え上がった。本来は年長のヴァレリー修道士から抱擁するはずが、中尉の方が早かった。そして二人は抱擁しあった。控えの間のドアを開くや、外《おもて》は地吹雪が吹き荒れていた。兵士が待っていた。また会う日までさようなら。すべての善きことを祈ります。そう別れの言葉を言いあい、カサートキンはたちまち兵士と一緒に吹雪の真っ白なヴェールに覆われて見えなくなった。

しばらくヴァレリー修道士はベッドの端に腰かけていたが、起こったことが、夢の中でのことか、現《うつつ》のことなのか、その境界が分からなかった。しかし、暖炉前の小卓に一枚の紙があった。心で会いたいと思うその人が天使の姿になって顕われるということが実際にあるのだ。このとき、世界ではこの年の終わりにむけて、刻一刻と喜びに満ちてその来着を、列車

のように待っているのだ。しかし、ヴァレリー修道士のもとへは、この夜にこの吹雪を突いて訪れて来る人はいなかったのだ。それぞれがそれぞれの忙しさで生きているのだから。ヴァレリー修道士は禁煙していたはずのタバコをひきだしから取り出し、ロウソクの炎から火をもらい、ジェーニャ・カサートキンか、あなたがこの年の最後の客人だった、そう言い、煙を深く吸い込んだ。燻《くゆ》らしつつ思いに耽《ふけ》った。一月の降誕祭には、ここに集う近在の人々も少なからずあることだから、信心深いヴェロニカの父たち、農場主たち、と思いをめぐらし、わたしとしては初めてのことだが、降誕祭のために、ここで、一つ、説教とまではいかないまでも、善き話をできないものか。そう言えば、ヴェロニカが書き写してくれた詩人の詩篇《降誕祭の星》はどこだったかな。参集者たちへの贈り物として、聞かせつつ、わたしの解説を加えるというのはどうだろうか。ヴァレリー修道士は独り言を声に出して言い、狭い室を歩き回った。

2

世界中がどこでも一斉に、ほんの一瞬、一秒を超えた瞬間に、新しい年に変容したというのはなかなか信じがたいことだったけれども、すでに在ってすでに過ぎ去られたその一年はいったいどこにどのようにして残るのだろうか。厖大な歴史的事実として、生きた実際の肉体ではなくその抜け殻のようにして事実は残るのか。ヴァレリー修道士は地下のジャガイモや玉ねぎの保存場所で寒さに身を縮めていた。ジャガイモは凍ったら使い物にならないので、箱に麦わらを詰めて保存していた。これらはみなヴェロニカの父たちが、折につけ届けてくれる食糧だった。ジャガイモと緑の芽をだした元気な玉ねぎを取り出した。植物は何という生命力か。みずからのうちに不死の命を秘めているのだ。凍えるような地下から出て、ヴァレリー修道士は新年の四日目の朝食をつくりにかかった。ジャガイモはそのまま暖炉の熾火の灰にうずめ、薪片をくべ足した。玉ねぎは切って、壜底に残っていた黄色い辛子《ゴルチッツァ》でかき混ぜた。紅茶は薬缶で沸かした。砂糖はまだたくさんあった。新年のこの三日間に、だれもここを訪れる人はいなかった。全世界から見捨てられた谷間の底だった。

ちょうどジャガイモがほどよく焼けて、香ばしい黒い焼け焦げの皮をむいていたときに、イワンチクが飛び込んで来て、新年の祝辞を述べたて、やれやれ、わたしならとてもじゃないですが、かかる孤独と粗食には耐えられませんと言った。そうだろうか、とヴァレリー修道士は言い、熱いジャガイモにゴルチッツァ和えの玉ねぎをのせて口に運んだ。そして熱い紅茶を飲んだ。紅茶を勧められたイワンチクは自分で薬缶から紅茶を耐熱ガラスのコップになみなみとついで飲んだ。残念なのは蜂蜜がないこと。タガンローグに雪が降る、雪が降る、と口ずさみ、ええ、この耐熱ガラスときては、底がまるでド近眼の眼鏡みたいです、実力はあるがセンスがいまいちというところか、しかし、これもわがロシアですからね、と言い、で、何か変わったことがありませんでしたか。いいニュースはいかがですか。ヴァレリー修道士の真向かいの椅子に掛けて矢継ぎ早に言った。下界の新年は、それはそれは忙しくて、よくみんなは飽きもしないで、どこへ向かっているのだか、とにかく齷齪《あくせく》と急いでいる。それなんか、わたしの趣味ではないが、しかし、生きるということはそれでいいのでしょう。〈めでたい〉《チューデスナ》ことなのでしょう。そう思うことで、わたし自身も、絵皿の売り上げのことで年末も奔走していたのですがね。そうです、齷齪して、独楽鼠みたいに走り回っているのが、誰のため、何のためであれ、めでたい奇跡《チューダ》なんですね。で、結論としては、わたしたちはみんな、めでたさを求めているんです、生きることがめでたいことだと、つまり、奇跡《チューダ》であるんだとね。

ヴァレリー修道士はゆっくりと二個目のジャガイモと玉ネギの粗食を味わいながら言った。どのような環境下にあっても、そのめでたい存在でありたいものだがね。ところで、イワンチク、きみの考えをきかせてほしい。いいですか、もう降誕祭の日は三日後に迫っているが、ここにも近在の信心者がやって来る。もちろん聖堂の壁画は出来ていないが、ともかく降誕祭はここで祝いたいのです。で、わたしは思いついた。いいですか、その日に、わたしはいわば本物の神父ではないけれども、ここは是非とも、集まってくださる信心者たちに、めでたい詩を読み上げて、説教じゃないですよ、そんなことはわたしには荷が重すぎるので、その詩の講釈をいささか述べてみようと思いついたのです。さあ、イワンチク、きみの考えではどうですか。イワンチクは紐で束ねた栗毛色の長髪を揺らせた。おお、ヴァレリー神父、それは名案です。賛成です。で、その詩とは？　イワンチクは聞いて目を丸くした。何ですって、あの、わがソヴィエト・ロシアの古典、ボリース・パステルナークの詩ですか。おお、あの不滅のロマン《ドクトル・ジヴァゴ》の巻末の詩篇からですか、おお、何ということか！　いや、これこそめでたい《チューデスナ》です、奇跡《チューダ》です。おお、〈降誕祭の星〉という詩篇ですね。そうだ、ヴェロニカが言ってましたね、ダーシャ・イズマイロヴァからコピーをもらったとか……。福音書モチーフのあれですか。恥ずかしいですが、わたしは未読でした、あまりにも時代がカピタリズムの津波のあおりで、魂の古典も忘れ去られていましたね。

　イワンチクは興奮しだした。ところで、いったい、セルゲイ・モロゾフはいまどこを流離《さすら》っているのでしょう。この降誕祭に壁画が間に合わないのは致し方ないにしても、ほんとうに、ここを訪れてくれるのでしょうか。とにかくわたしは待っているのです。聖堂の右壁は、わたしに任せてくださいますね。約束ですよ。左壁はセルゲイ・モロゾフの真正の名作です！　ヴァレリー修道士は言った。まあ、落ち着きなさい。かならず彼は来ます。時が満ちれば、必ず現れる。自然の秘蹟を待ちましょう。逆に言えば、わたしたちを待たせているのです。わたしたちの心が満ちて来るのを。イワンチクは言った。しかし、何年先だなんて、それはないですよ。それからヴァレリー修道士は、喜びを思い出して目を細めつつ言った。

　言い忘れていたが、これはニュースですよ。いいですか。年が終る直前、だれがここを訪れたか、おお、これぞ奇跡《チューダ》です。ヴァレリー修道士の話に食い入るように聞き入ってイワンチクは、うーんとうなった。やはり、わたしの預言が当たったか……。そうですか、やはり、サハリン島ですか。で、おお、何ですって、ウラルまでの列車で、ユゼフ少佐がヴェロニカに出会ったですって、おお、何という偶然の必然と言うべきでしょうか。ヴァレリー修道士は、ジェーニャ・カサートキン中尉が渡してくれたプリントを取り出して、自分もまたもういちど確認する思いで、文面を読んで聞かせることにした。聞き終わると、イワンチクは静かに言った。これはまた、微妙な含み、ありですね。〈天使たちが〉うんぬんというのは一体何の比喩でしょうね。ただの神秘主義ではありますまい。ふむ、アレクサンドロフスクに五年、というのも意味深長です。何故、五年なのか。いったい、どのような任務なのか。そのジェーニャ・カサートキン中尉という使者も、意味深長です。軍の政治コミサールというのも意味深長です。

　ヴァレリー修道士もまたイワンチクの独断に、改めてなるほどと思ったが、そこは深入りせずに、降誕祭の日の、聖堂での集いのときの詩の朗読と講釈について話をむけた。イワンチクにはこの二度と同じ日がない降誕祭の日の行事について、急ぎ人々に知らせてもらう仕事をイワンチクに頼んだ。イワンチクは言った。ダーシャ・イズマイロヴァは欠かせません。早速お話ししておきます。ミレナ谷のおんぼろ廃墟の修道院で、あなたが、大詩人の〈降誕祭の星〉を講釈するなんて！　おお、そうですね、ウラルのヴェロニカも、ライシアとか預言者イヨアンとか、あちらで同時に呼応して朗読するのではないですか。まさにふさわしい共鳴と共振です。それにしても、彼女はウラルでどうしているのか。

そこへ、ヴェロニカの父のアダムが満面の笑みをたたえて訪ねて来た。手にはヴェロニカからの手紙が握られていた。わたしのヴェーロチカが、おお、こんなに立派な手紙を書くとは！　さあ、ヴァレリー修道士、あなたのお蔭です。さあ、どうです、一つ読んでやってください。イワン・イワヌィチも聞いてやってください。わがむすめがこんな手紙を物しようとは！　ちょっと、意味不明の、ぼやかした表現がありますが、それはそれとして、さあ、いかがでしょうか。ヴェロニカの父アダムは暖炉のまえに陣取った。ヴァレリー修道士は、ヴェロニカの封書を見た。書留の速達便だった。郵便局の消印はペルミだった。降誕祭に間に合うように投函したに違いないが、随分早く着いたことになる。ヴァレリー修道士は初めてヴェロニカの小さな文字の手紙を読むことになった。筆記体ではなく律儀なくらいの楷書《ブロック》体だった。

——愛するパパとママ。初めてのウラルから手紙を差し上げます。ウラルの酷寒はもうすっかり馴れました。冬のウラル山脈は名状しがたい威風堂々たる山岳です。神々が住んでいます。タガンローグの草原《ステーピ》とは違う神々が生きています。ヴァレリー・グロモフ修道士の紹介状で、わたしはダニール修道院長さんにお会いできて、無事にペルミで暮らすことが出来ました。大学の編入学についても十分な可能性をいただきました。今は、ペルミの市庁舎で臨時雇いですが、働いています。皆さんはヴァレリー修道士やセルゲイ・モロゾフのことを知っていましたよ。生活の方は、そういうわけで、大丈夫です。

さて、ところで、とてもうれしいことがありました。実は、偶然のこととは言え、ペルミへの列車で、ある方に出会いました。そして車中でいろいろなお話を伺うことができました。わたしはこの二度目の出会いを、一生忘れません。わたしは大きな希望を感じることができました。このことをここで詳しくは書きませんが、イワンチクさん、そしてヴァレリー修道士に是非伝えてください。

フセヴォロド・ヴィリヴァでは、ライシアさんにも会いました。彼女はカザンスカヤ夫人の果樹園屋敷に住み込みで家政婦をやっています。そして日を決めて、ダニール修道院へ通い、イヨアン・ドンスコイを援けています。ドンスコイはゆっくり養生していますが、春には心臓に小さな器機、ペースメーカーを入れる手術が予定されています。

朗報ですが、罪に問われずに釈放された三人のうちセーヴァという賢くて心の優しい青年は、ダニール修道院に復帰して、ダニール院長の秘書として働いています。一度だけ、ちらと会いました。素敵なひとです。もう一人、わたしはお会いしていないのですが、ゴーシャ・カザンスキーさんは、実家の果樹園屋敷に戻られたのですが、突然新しい問題が生じて、東ウラルへと旅立ったということです。ライシアが知らせてくれました。

追伸　この新年のお手紙で、もう一つ、ぜひお知らせしたいのは、こちらで降誕祭の日に、わたしとライシアとで、ダーシャ・イズマイロヴァからいただいた詩人の詩〈降誕祭の星〉を、ダニール修道院でlive《ライヴ》をすることになって、毎日練習に夢中になっています。ライシアは作曲ができるので、〈降誕祭の星〉の曲を書いたのですよ。ギター演奏も彼女です。驚いたことに、歌うのはわたしヴェロニカですよ！　とても長い詩なので、暗記がたいへんでしたが、もう大丈夫です。ひょっとしたら、インテルネットの動画で世界中に知られるかも分かりません（笑）。わたしが音痴を克服して、わがロシアのプーシキン以来の大詩人ボリース・パステルナークの詩〈降誕祭の星〉を歌うだなんて、これは人生の奇跡ではないでしょうか。わたしのこの歌が、だって、ひょっとしたら、世界の戦争悪霊たちを豚に入らせて溺死させることができるかも分かりません。二十歳のわたしたちにはまだ半世紀余の持ち時間がたっぷりあります。みなさんに熱い接吻を送ります。よきことすべてを祈ります。

わたしは歌の翼で、天使になりましょう。

あなたたちのヴェーラより

3

たちまちのうちにその日が来た。まだ壁画のない聖堂では余りにも寂しく、聖なる降誕祭を喜び祝う場所とは言われないので、昔のままに残っている修道士食堂で降誕祭の集いをおこなうことにした。ヴェロニカの父たちもイワンチクも昨夜から準備した。幸い、食堂の長テーブルも、椅子も十分に足りていた。食堂は俄《にわか》に講義室のようになった。あとは、正午に人々が集まり、神にささげる聖歌などの披露なしで、ヴァレリー修道士が祈りと説教の代わりに、詩人の〈降誕祭の星〉について語り、行間評釈とでもいうように、朗読をし、みなと一緒に詩の言葉で降誕祭を味わうという趣向だった。詩のテクストのコピーは配布しない。ただ、ヴァレリー修道士の朗読によって、詩を味わうという狙いだった。今日になってもまだヴァレリー修道士は迷っていた。最初に、長い詩篇を全部朗読すべきか、そのうえで、もう一度細部の情景について語るべきか。自分の評者の言葉が、もしや、詩の世界をぶち壊してしまうのではあるまいか。余計なおせっかいなのではないだろうか。いや、ここは詩の朗読の会ではない。あくまでも、詩人の詩篇の言葉を捧げることなのだ。しかし、そうであれば、なおのこと、最初に時間はかかるが、詩篇をこころゆくまで聞いていただくのが先ではないだろうか。そのうえで、もう一度、内容を吟味して、もう一度、詩篇を振り返るのだ。

司会役には、ぜひともダーシャ・イズマイロヴァに頼もうということで、一昨日急ぎイワンチクがタガンローグ図書館に駆け付けたのだったが、イワンチクは血相を変えてミレナ谷に戻って来て報告した。何と言うことか。いいですか、ヴァレリー修道士、ダーシャ・イズマイロヴァはもうタガンローグにはおられないんですよ。どういうことかな。どういうことも何もあったものじゃないです。彼女は、いいですか、何とまあ、年末に退職していたのです。で、どうしたのですか。いいですか、その足で、何と、この大寒波の冬に、よりによって、サハリン島へ飛んだというのです。サハリン島へ？　ですから、ヴァレリー神父、一体全体どうなっているんです？　わたしたちに秘密で、何という裏切りでしょう！　だって、突然ということなど、あり得ましょうか。わたしたちに隠していたのです。

ヴァレリー修道士は、あ、と思った。何が、あ、ですか。イワンチクは地団駄を踏んで憤慨した。ヴァレリー修道士は言った。サハリン島ですか。そうか、そうでしたか。なるほど。さあ、イワンチク、ここは感情をおさえて考えてみましょう。言うなれば、ユゼフ・ローザノフ少佐を追いかけてということですか。そうに決まっているでしょう。イワンチクは泣き出しそうな顔になった。いや、イワンチク、何らかの理由があって、旅行に出たということもあり得ますよ。じゃあ、一身上の都合で図書館を退職したというのは一体どういうことです？　しかし、一時的に退職して、しばし旅に出て、また戻ってくるということも、十分あり得ますよ。

イワンチクは収まらなかった。いや、彼女は間違いなく、示し合わせてサハリンへ飛んだにちがいないのです。愛の逃亡《パベーク》です！　いいですか、だって、ダーシャ・イズマイロヴァは、ユゼフ少佐よりずっと年上なんですよ。いいかな、イワンチク、嫉妬に駆られてはならない。思慕の気持ちは年齢にかかわらない。たしか、彼女は言っていましたね。もう年金が出るので早期退職して、新しい生活がしたい。たしか、そう漏らしていなかったかな。なにも、ユゼフ・ローザノフ少佐と結婚するというようなことではあるまいよ。いや、そのような気持ちがかりにあるにしても、ただ純粋に、ユゼフ・ローザノフ少佐のそばにいたいというようなことであって何の不都合があるかね。ヴァレリー修道士は自分で夢見る思いを味わいながら言った。

デカブリストの妻たちだって、シベリア流刑の夫を追って行ったじゃないですか。自然な愛情の発露です。イワンチクは感情を制御できなかった。だめです、ユゼフ・ローザノフ少佐は、なにもシベリア流刑なんかじゃないじゃありませんか。ヴァレリー修道士は言った。いや、そこは明瞭とは言われないが、あるいは一種の流刑であるかも分かりませんよ。きっと重要な何かがあるのですよ。左遷であれ、更迭であれ、降格であれ、ともあれ、ユゼフ少佐は自分で望んだ決断だったそうですからね。自己流刑ということもあり得ます。イワンチクは食い下がった。

悲しいです、悔しいです。どうしてわたしたちに言ってくれなかったのか。なぜ、あの憂愁のダーシャ・イズマイロヴァが、最北の氷島くんだりで苦労することがあるでしょうか。いや、これは彼女の片思いの駆け落ちですよ、そうイワンチクは叫んで坐り込んでしまった。ヴァレリー修道士は彼を落ち着かせた。同世代をねたんではならない。愛については、それがどのようであれ、エールをこそ送るべきです。イワンチクはまた蒸し返した。でも、ダーシャ・イズマイロヴァは七歳も年上なんですよ。ヴァレリー修道士は、イワンチクのくどさに附き合いかねたが、イワンチクをなだめた。きみにはさらに幸いが待っているでしょう。信じて安心しなさい。そう言いながらも、ヴァレリー修道士もまたそれなりの感情の揺れを覚え、しっかりと現実を生きることが出來ていながらもそれに安住せずなお憂愁に満ち、夢見るようなダーシャ・イズマイロヴァの気持ちが分かるように思った。彼女もまたロシア的な夢想家《メチターチェリ》なのだ。このような世界の混沌とした年であればこそ、冬の愛なのだ、あるいは最後の冬の恋なのだ。いいではないか、ロシアの受難的情熱《ストラスチ》、それがすべてだよ。ユゼフ・ローザノフの孤高の夢想を、理念を、援けよ。イワンチク、きみは愛の援軍となれ。

そのようないきさつが揺曳《ようえい》していたが、今日のイワンチクは溌溂としていた。彼のイコンの絵皿は評判になっていたのだった。ここの会場にも彼の絵皿は並べられ、販売されるのだ。三々五々、人々は毛皮コートに着ぶくれて集まって来始めた。イワンチクはダーシャ・イズマイロヴァに代わって司会を受け持つことを快諾した。これは彼を励ました。修道士食堂はきれいに拭き掃除ができていた。ただ寒さは廃墟の廊下からドアの隙間から忍び込んだ。ヴェロニカの父の仲間の一人が灯油ストーブを持参してくれた。アラジンという名の英国産だった。小ぶりなのに、炎は青く輝き、静かに思いがけない熱量を発した。集まって来た人々は、降誕祭の祝いにもと、ドアの脇のテーブルの上にさまざまなプレゼントを置き、互いに挨拶をかわしあい、同じテーブルに並べられていたイワンチクのイコンの絵皿を手に取って眺めた。誰のかしら。ほら、あの長髪のイワンチクですよ。そんな声が聞こえていた。

やがて時間が来た。一月の冬の日は、これからが寒さが和らぐ時刻だった。外は晴れ上がっていて、風も止んでいた。冬の日は低いとはいえ、谷間の上にあった。人々はここまで雪野を腕をとりあいながら歩いて来る。幼い子供らも混じってはしゃいでいた。ヴァレリー修道士は、ここがまるで幼子の誕生の岩屋とでもいうように思った。上の道路に車を駐車させ、ミレナ谷の雪道を下りて来たのだ。修道院の門から見上げると、日は白く輝いていた。雪は黄金色に見えた。きょうは降誕祭《ラジュジェストヴォー》、降誕祭《ラジュジェストヴォー》、と子供たちの声に合わせたように、冬の鳥たちが谷間の上空をにぎやかに飛翔して回った。氷結したミウスの潟湖から来たけたたましいひよどり《ブリブーリ》の一群だった。

いよいよイワンチクの出番だった。人々は四十人ばかり、食堂の長テーブルについた。まるでタガンローグ図書館の市民講座の集いのようだった。イワンチクは講演用の立ち机の前に立ち、挨拶を始めた。

みなさん、こんにちは。わたしはポクロフスコエ村の画家のイーワン・イワヌィチと申します。ふつつかながら、一言司会の弁を申し上げます。さて、まだ夕べでも夜でもありませんが、われらがミレナ修道院においての、本年初の、降誕祭に参集いただいてまことに嬉しく思います。今日はみなさん四十名のご参集をいただいて、イイスス・フリストス誕生を祝する次第ですが、聖歌隊も用意できず、慎ましい限りではありますがお許しくださいますようお願いいたします。

さて、当ミレナ修道院は久しく廃院でありましたところ、篤信の修道士ヴァレリー・グロモフおよび、アダム・ゴレンコ以下近在の農場主みなさまの手により、よき修復作業が行われ、聖堂の壁の修復もほぼ終わり、本年中には、やがて当地を訪れる予定のセルゲイ・モロゾフ画僧によって、聖なる壁画の完成が願われてやまないところです。

本日は、古き修道士食堂においてではありますが、二〇二四年の降誕祭をここに慎ましくも迎えるに際して、ヴァレリー・グロモフ修道士に、降誕祭を寿《ことほ》ぐお話を小一時間いただいて、この世にあることの喜びに感謝したいと存じます。ご講演のあとは、しばし、この食堂の場をかりて、テーブル上での簡素なるお茶会をお楽しみ下されば幸いです。なお、紅茶等については、アラジン灯油ストーブの薬缶からのお湯となっています。では、ヴァレリー神父、どうぞ。

第8章　御使いの如くに

1

　ヴァレリー修道士は説教台の斜面机のまえに立ち、小さなノートを広げた。ヴェロニカが書き写してくれた〈降誕祭の星〉の詩篇が水色の方眼罫線紙に草花のように並んでいた。ヴァレリー修道士は一瞬迷った。この詩篇の作者の詩人とその栄誉について一言述べるのがいいのかどうか、その一瞬間、ヴァレリー修道士はもちろん眼前の長い食堂テーブルにかけてこちらを注視している人々の顔が見えたのだったが、これまで久しく起こっていなかった眼《がん》華《か》の輝きが視界をキラキラと輝かせ、それは収まる気配はなく、ますます輝き、見える像はその光の中で崩壊寸前になったのだった。

　片眼を手で押さえたが、眼華はさらに光がひびわれて闇に光った。人々の姿は一変した。この間、一秒二秒だったのかどうか、人々の無言のささやきが聞こえ、ヴァレリー修道士がおおきく眼を見開いた時には、集まっていた眼前の人々は、一瞬にして彼の見知った懐かしい人々の顔だったのだ。彼もいる、あの人も、彼女も、その子供らも、レンズにふれた雨しずくのように、その顔々が待っていたのだった。しかしそれはヴァレリー修道士の錯視に過ぎなかった。眼華の光が過ぎし人々を連想させたのに違いなかった。この一、二秒の刹那のうちに、この懐かしい人々の顔は、たしかに自分を迎えていてくれているのだが、ヴァレリー修道士の心は悲しみと後悔でいっぱいになった。わたしはあなたたちをついに救えなかったのだ、それがわたしの罪なのだ、それでもあなたたちは、わたしの詩の声を聞きに来てくださったのか。眼球の神経で発光する罅《ひび》割れた甘美な眼華は、経験上、そのまま続くことは分かっていた。ヴェロニカの写した文字も読むことはできないだろう。しかし、懐かしい人々は待っている。さあ、走れ、ヴァレリアン、わたしたちをその詩の言葉で援けよ。ヴァレリー修道士は、やっと声を発した。前口上もなにもなく、そのまま最初の詩聯《スタンザ》に、——スタヤーラ　ジマー、冬だった、という音に心をゆだねた。

〈降誕祭の星〉の詩のリズムは、ゆるやかな、弱強弱《アンフィブラーヒー》の詩型で、三母音がリズムになって、だれにでもわかるような、おとぎ話のような情景だった。最初のスタンザに心がのったそのとき、ヴァレリー修道士は少し鎮まって動きが移動した眼華の中から、一人の小柄な姿を、席の一番後ろに見出した。スタンザの始まりの途中で、一陣の寒い風が闖入したとでもいうように、その姿がそっと腰かけたのが見えたのだ。両肩から白い雪のようなコートをまとっていたのだった。遠目にはどうやら少女のようだった。ヴァレリー修道士は見つめているその遠い明眸《めいぼう》をたしかに感じ取った。ヴァレリー修道士は詩篇を朗誦しつづけた。眼華の罅割れた光輝が弱まるにつれて、人々の顔が見え出した。知っている顔はヴェロニカの父たちの仲間くらいだった。どこからこれだけ天使たちのように集まったのだろう。ヴァレリー修道士の声が通っていった。

降誕祭の星《ラジュジェストヴェンスカヤ・ズヴェズダー》

冬だった
ステーピから風が吹いていた
丘の斜面の
洞窟の中で幼子《おさなご》は寒かった
雄牛の息が幼子をあたためていた
家畜たちは
洞窟の中にいて　秣桶《まぐさおけ》の上に
あたたかい湯気があがっていた

皮衣から寝床の
藁《わら》くずや黍《きび》くずを払い落とし
羊飼いたちが寝ぼけまなこで
崖から真夜中の遠い景色を眺めていた

遠くに雪野と墓地があった
柵木　墓標
雪の吹き溜まりに埋もれた荷馬車の轅《ながえ》
そして墓場のうえの星空

すぐかたわらに
これまで見たこともない星が
番小屋の窓の灯明皿よりも遠慮がちに
ベツレヘムへ行く道の途中に輝いていた

その星は天と神から少し離れたところに
干し草の山のように燃えていた

放火の照り返しのように
燃える農場や穀物納屋の火事のように

その星は藁や干し草の
燃える山のように
全宇宙の真ん中にそびえ
宇宙はこの新星に狼狽していた

星の照り返しはますます赤く映え
何事かを意味していた
このとき占星術師の三博士が
未曽有の炎の呼ぶ方へと急いでいた

三博士は後ろに贈物をつんだ駱駝を従えていた
やがて馬具をつけた驢馬たちは
一匹は他より小さかったが
小刻みな足取りで山を下って行った

すると遠くに　のちにやって来たものすべてが
未来時の不思議な幻影《ヴィジェーニエ》になって現れていた
世紀のすべての思索　すべての夢想　すべての世界
ギャラリーや美術館のすべての未来
この世のすべてのクリスマスツリー　子供たちのすべての眠り

灯されたロウソクのすべてのゆらめき　すべての紙鎖
金糸銀糸モールのすべての華麗……
……ステーピから風はますます凶暴に吹いていた……
……すべてのリンゴ　すべての金色の玉

ため池の一部はハンノキの梢に隠されていた
しかし一部分はこちらから
カラスの巣と梢越しにはっきりと見えていた
堰堤《えんてい》に沿って驢馬と駱駝たちが進んで行くのを
羊飼いたちはとてもよく見ることができた
――みんなと一緒に行って　奇跡に挨拶しよう

彼らは皮衣を掻き合わせて言った

雪の上を歩くうちに熱くなった
明るい雪野の上に　洞窟のみすぼらしい住まいへと
雲母の葉のように裸足の足跡がついていた
燃えさしの炎のような　この足跡にむかって
牧羊犬たちが星明りのもとで唸っていた

酷寒の夜はおとぎ話にそっくりだった
そしてだれかが　吹雪かれた雪の畝《うね》から
たえず姿はみえないけれども彼らの中に割り込んだ
犬たちは恐る恐る歩き
牧童に寄り添い　災いがあるものと思っていた

この同じ道を　この同じ場所を
何人かの天使が人々の群れにまじって歩いていた
肉体がないので天使たちは姿が見えないが

歩く足跡だけは残されていた

岩屋のそば　大勢の人々が群れていた
明るくなってきた　ハイマツの幹がはっきりと見えた
――あなたたちは何方《どなた》ですか?――とマリヤがたずねて
――わたしどもは羊飼いです　天の使いです
あなたがたを讃めたたえるためにやって来ました
――みんな一緒ではいけません　入口で待っていなさい

灰のように　灰色の　夜明け前の暗がりで
牛追いや羊飼いたちが行ったり来たりし
徒歩で来た人々は騎乗者たちと罵りあい
掘り井戸のそばでは
駱駝たちがうなり　驢馬たちが足で蹴っていた

明るくなって来た　夜明けは燃えかすの塵《ちり》のように
天穹から最後の星たちを掃き払った

そして夥しい群衆の中から
マリヤは東方の三博士だけを岩の裂け目に招じ入れた

彼は眠っていた　全身光り輝き
樫の木の秣桶《まぐさおけ》の中で
木の空洞《うろ》の奥の月光のように
彼をあたためているのは皮衣ではなく
驢馬の唇や雄牛の鼻孔だった

三博士はまるで家畜小屋の闇のような影の中に立ち
やっとのことで言葉を選びながら小声で話していた
突然だれかが　秣桶から少し左の暗闇で
三博士の一人を片手で押しのけたので
こちらが振り向くと　客人のように
降誕祭の星が　入口から処女を見つめていた

ヴァレリー修道士は朗読し終えた。まるでロシア語がそのままピアノ曲に変貌したようであったのだ。詩篇の音楽と画の中からうつつにもどってきたのだった。しばらく静けさがあってのち、一気に、熱い拍手がわきおこった。イワンチクは立ち上がって盛んに手を打ち鳴らした。ヴェロニカの父たちも立ち上がった。ヴァレリー修道士の眼華の罅割れた光はとっくに消え失せていた。

ヴァレリー修道士は小さく十字を切って、会釈し、そのとき一番後列に坐っていたはずの小柄な人を目で探したが、その姿はどこにも見当たらなかった。一体だれだったのだろう。なにか急ぎの用事で、出て行ったのだろうかとヴァレリー修道士はぼんやり思った。いや、わたしに会いに来たのだ。わたしは知っているような気がするのだが……

イワンチクのにぎやかな采配ぶりで、慎ましいけれども、みなが持ち寄った甘いものをならべ、熱い紅茶のふるまいが始まった。みんなは互いに動き回り、降誕祭おめでとう、おめでとう、という声がにぎやかに飛び交った。窓の外ではちらちらと雪が舞い始めていた。

2

ヴァレリー修道士は人々の中を、右に左に握手したり軽く抱擁しあったりしながら、喜びのあまり頬を濡らし、また相好をくずし、素朴な歓喜の客人たちの中に溶けいったのだった。人生の孤独が色とりどり形とりどり、声もしぐさもとりどりの、花の中を訪ね歩いているようだったのだ。まるでイイスス・フリストスの時代の絵巻のなかを歩くように思われた。そしてヴァレリー修道士はイワンチクと二人で、降誕祭の夜の貴人たち、とイワンチクはここに集った人々を呼ぶのだったが、その近在の彼ら彼女たちを崩れかけた門まで見送りに出、美しい灰のような白雪にちらちらと舞われた。舞う雪のレース越しに夜空の星たちはかがやいていた。

ヴァレリー修道士は思っていた。ほんの十分足らずのことだったのに、わたしは為し終えた。一気にこの二千年余を往復して無事に戻って来たのだ。「降誕祭の星」の詩の内容はだれにでもすぐにわかる。そうとも民間に古くからある古拙な絵巻、あるいは板画、あるいは細密な小さな聖像画、そしてそこにはイイスス・フリストスの生涯の一場面が約《つづ》められて描かれているのだが、いや、問題はそこではなく、それが詩の言葉で書かれて、それを声で朗読したその言葉の、なんという魔法的な響きであっただろうか。素朴で古拙な、幾世紀にもわたって人々の心の絵にのこされているフリストスの誕生とその未来図が、詩の言葉がふくんでいる厖大な記憶の残像音によって、その声の演奏によって、わたし自身もまた魔法に掛けられ、我を失い、同時にまたこの夕べの聴衆たちもまた魔法の楽音にゆられて、フリストス誕生からいまこの瞬間の二十一世紀を往復したのにちがいないのだ。しかもこの冬のロシアの野辺と大地を。いや、それにしても、わたしは、イイススとフリストスを、分けて考えるべきだったろうか。

集まった人々がみな家路をたどったあと、ヴァレリー修道士はイワンチクと二人、この場に残った。二人はラフカに腰かけてうっとりしていた。すべてが成功したのだ。イワンチクは興奮していた。自分の司会がことのほか堂々としていたことに興奮していたのではなく、改めて、朗読された詩の魔術性が彼の思いに火をつけたらしかった。イワンチクは立ち上がってせわしなく行きつ戻りつし、ヴァレリー修道士の前に立って言い始めた。

いいですか、ヴァレリー修道士、あなたは何という発見をここで成就なさったことでしょう。感嘆符がついたような勢いでイワンチクは言うのだった。これは大発見じゃありませんか！　わたしも心身が、蠟が溶けるようになって燃えていましたが、いいですか、わたしは生まれて初めて、ここでイイスス・フリストスの誕生にうつつに出会ったのです。そうですよ、自分が東方の三博士の一人になったとでもいうようにです。いいですか、そのとき、アッと閃いたのです。おお、ヴァレリー修道士、これは啓示です、啓示なんです。イイスス・フリストス誕生の、あの洞窟《ペシチェーラ》、そう、洞窟です、太古からの人類の発祥の住居、ここでフリストスは誕生したんですね。もちろん洞窟には牛とか羊とか家畜と一緒に暮らすのですが、厩《うまや》だなんてとんでもない、岩山の洞窟でなければならないのです、イイスス・フリストスが跋渉した岩の大地でなければならないのです。そしてこのような洞窟で産声をあげた。もちろんヘロデ王の目論見から逃亡の途中ですがね。いやいや、それが問題ではありません。問題はこの〈洞窟〉、聞くだに恐ろしくもあり謎めいてひびくこの〈ペシチェーラ〉こそが問題だったのです。だって。そうでしょう、やがてまたたくまに、イイスス・フリストスが葬られるのもあの洞窟です。その洞窟の大きな石を、姿の見えない天使が転がして、死から復活したイイスス・フリストスがわれわれの世界に現れたんですからね。洞窟から洞窟、そして復活。イワンチクは腕を振りまわして話していた。唾が飛ぶほどだった。ヴァレリー修道士はイワンチクを見上げていた。いいですか、ヴァレリー修道士、誕生の、始まりの〈洞窟〉があってこそ、終わりの、つまり死の〈洞窟〉が照応するというこの、この世の生の掟ですがね、しかし、この死が、この暗闇の〈洞窟〉から復活するんですよ。わたしはこの照応の啓示に打たれたのです。雷に打たれたようにね。生誕、そして死、そして甦りの復活！すべてに生命の根源の端的な図式でしょう。しかし、ここにこれまでの人類史で聴くことのなかった真の復活のマジックを、わたしはうつつに見、聞いたのです。詩の言葉の恐るべきその響きによってです。音曲を伴わないただひたすら人間の声によるだけの言葉の謎によってです。そうです、わたしだって、そりゃあ無知ではありましたが、「降誕祭の星」くらいは知っていました。若い日に、ざっと読んで、それだけだったのですが、さすがに今夕は打たれてしまいました。

イワンチクの興奮が少し落ちついたので、ヴァレリー修道士は立ち上がって、行きつ戻りつした。もどかしい気がしつつ、洞窟、ペシチェーラ、ペシチェルカ、と口にして、イワンチクのところに戻って来ると、おお、イワンチク、そうだった、そうだった、と喜びの声を発して、イワンチクを抱きしめた。イワンチク、きみはえらい、そうだね、たしかきみは、イコンでも植物の名手だと言っていたね。きみの啓示は本当だ。だっていいかい、わたしは忘れていたわけではないが、いま思い出した。いいかい、セルゲイ・モロゾフのことだ。セルゲイ・モロゾフと、ウラルの動員兵の調査で奥地を回ったとき、おお、そのことは去年《こぞ》の夏だとしてきみには詳しく話したことがなかったかもしれないね。わたしたちは多くの古代の洞窟がそのまま手つかずに残っているのに出会ったのだがね。そのときだった、何かの拍子に、大昔のウラル人の洞窟住居のことで、セルゲイがふっと言ったのだ。そう、今夕の「生誕祭の星」の詩のことでね。もちろんだよ、彼は、詩人パステルナークの『ドクトル・ジヴァゴ』は読んでいて、第二部の終章にある「ユーリー・ジヴァゴの詩」もそらんじているくらいだった。わたしはびっくりした。あの頃、わたしはまだ聖像画家修道士のセルゲイのことは詳しく知らなかった。流亡を好んで繰り返している変人に思っていたのだったがね。で、戦争になって、動員令の問題で、ダニール修道院長から頼まれて一緒に行動することになってね。一人でも多く人命を救うことが至上命題だった。そのとき、彼は、ウラルの岩山の洞窟で休息したときに、ふっと言ったのだよ。物思いに耽るような横顔を見せながら、ふっと、〈予型〉という言葉を発したのだ。わたしは最初、一体、何のことかと思ったが、一瞬にして分かった。閃いた。そう、イワンチク、きみが啓示を得たというのとまさに同じことだったんだね。つまり、先だって予言する、そのような形象のモデルとでも言ったらいいのだろう。

二人はまたラフカに腰を下ろした。イワンチクは飛び上らんばかりになって言った。おお、何ですって、おお、〈予型〉ですって！　予め先立つ、その像ということですか！　ヴァレリー修道士は言った。そうですよ、たとえて言えば、〈洞窟〉の場合、これをモチーフなどとエヴローパ風に言わずに言うとだね、予め、先だって、たとえば、イイススを洗礼した洗礼者ヨハネだって、先駆、というじゃないですか。預言者ということだ。モデルがあるというようなことでしょう。始まりの〈洞窟〉があって、終わりの〈洞窟〉が予定される。いや予定されているというよりは先取りされている。わたしたち死すべきものにとっては、誕生は死に先立ち、それを含んでいる。わたしたちはこの〈洞窟〉から〈洞窟〉への円環の中にいる。そして閉ざされている。そのようなことをセルゲイはウラルの洞窟に、入口に坐って言うのだったが、そのとき、しかし、終わりの〈洞窟〉からの復活について言ったのだね。だって、その円環のなかで永遠に循環するだけでは、何と言うことだろう。わたしたちはたえず復活すべき存在であるからだ。

イワンチクは飛び上って言った。おお、ヴァレリー修道士、それこそ預言の言葉ではないでしょうか。生から死への絶対的決定論を超えるという預言ではありませんか。復活というのは！　イワンチクは窓辺に駆けよって言った。おお、雪がまたしても降り出した。降誕祭の星を邪魔している。また戻って来て、ヴァレリー修道士のそばに腰を下ろした。

ところで、ヴァレリー修道士、もちろんわたしだって、ユダヤ系ロシア人である大詩人パステルナークのノーベル賞授賞の長篇ロマン『ドクトル・ジヴァゴ』をそれなりにざっと読んだことがあります。でも、巻末の詩篇には実はさほど気がむかなかったのです。あのときは若かったせいもあってか、やはり、フに落ちない思いが残ったのを、まだ覚えています。いや、おお、そうです、そうですよ、ヴァレリー修道士、どうです、もし、パステルナークのあの畢生の大作を、おお、そうです、もし、あの不滅の長篇小説の、そうです、その〈予型〉なるものがあるとしたら、いったいどういうことになるでしょうか！ イワンチクは喜びで興奮のあまり、ヴァレリー修道士の指のとても長い両手をぎゅっと握りしめた。オイ、オイ、イワンチク、痛いじゃないか、とヴァレリー修道士は笑いながら言った。

ねえ、イワンチク、きみはさすがに、ややも下手くそではあるが、民間のイコン画家として直感に優れているんだね。きみにそそのかされてと言うべきか、いまわたしにも思い当たることがあった。そうとも、『ドクトル・ジヴァゴ』の、もし〈予型〉をと言うのなら、それは、旧約聖書に満ち溢れる諸々の預言者たちの〈預言の書〉というべきではないだろうか。するとイワンチクは言った。わたしは〈預言の書〉はちょっと詳しくないのですが。

いいかい、イワンチク。いまやっとわたしは分かったように思うが、きみに感謝するよ。だって、思い返しても見給え。先ほどわたしが朗読した「降誕祭の星」の中に、おお、明瞭な預言が語られていたではないか。第九聯目だったかな、東方の三博士が驢馬に乗って駱駝を従え、洞窟に向かうところだよ。こうあるじゃないか。

すると遠くに　のちにやって来たものすべてが
未来時の不思議な幻影《ヴィジェーニエ》になって現れていた
世紀のすべての思索　すべての夢想　すべての世界
……

ヴァレリー修道士はイワンチクの前でそらんじた。どうだね、ここで、幻影《ヴィジェーニエ》という語は、力点を移して、〈ヴィージェニエ〉と読むだけで、展望、いわゆるヴィジョンの意味になるんだね。つまり、作者の詩人パステルナークはイイスス・フリストスの誕生の結果について、すでにしてまだ成就していないはずの未来をここに見出して語っているのだからね。このような預言性をわたしたちはどう考えたらいいのだろうか。
イワンチクは渋い顔で頬に手を当てがいながら言った。そうなんです、いいですか、ヴァレリー修道士、あの大作『ドクトル・ジヴァゴ』は、どう読んでも、西欧近代的伝統に依拠したいわゆるジャンルとしての小説文学とはまるで異質なものに思い出されます。たとえばですよ、われらが大いなるロシアの文豪たち、あるいは革命ソヴィエトの名作家たちにくらべてみると、まるで異質じゃありませんか。同時代なのにまるで同時代性が希薄な感じが残りますね。ドストイエフスキーでもトルストイでもない、チェーホフでもないが、少しはチェーホフ的、つまり、エヴローパ起源の小説文学とは、おもてむきはそのようにみせながらも、まるっきり異なるような印象をもっていました。そうですね、ヴァレリー修道士、あなたのおっしゃる通り、これって、〈預言性〉ゆえになのではありませんか。

ううむ、とヴァレリー修道士は言った。つまり、詩人パステルナークは、この『ドクトル・ジヴァゴ』を〈預言の書〉として語った、ということかな……。なるほど、あの彼が、そう、神のようだとも言われた、あの彼が生きた人生はただただ打ち続く戦争と革命の時代だった。その中で生き延びて、ようやく戦後になって、ただ一巻、あの『ドクトル・ジヴァゴ』を書き残した。そうだ、イワンチク、これは未来への預言の書だったのか……

イワンチクは言った。分かります。いいですか、わたしの知る限り、あの人は、幾世紀にもわたり流離して地中海からロシアの大地に根ざした一粒の麦だった。ユダヤの麦の一粒。その麦の声は、預言者の声でしょう。そうである他ないじゃないですか。そりゃあ、わがロシアの大地には物凄い優れもののユダヤ系作家たちが生きて書いたとはいえ、決して預言の言語ではなかったように思います。ところがこの神のような人は、いうところの近現代のエヴローパ型の〈予型〉の小説言語なんかで語るはずがありません。そんなことを語るのが彼の使命ではないからです。受難の質が異なるのです。さらにイワンチクは興奮して言った。そう長篇小説の形をとったものの、細部に至るまで預言の書だったのではないでしょうか。そうです、年代記だったのですよ。ロシアの古代の原初年代記のようにね。小説言語じゃなかったんですよ。だから詩人だったのです。だからこそ、わたしには、だってわたしたちはトルストイやドストイエフスキーになじんでいますからね。しかし詩人、つまりその根源が詩の言葉で語る預言者は、もっともっと異なる未来世界を夢想し希求してやまなかったのですね。だって、そうじゃありませんか、だからこそ、『ドクトル・ジヴァゴ』の主人公ドクトル・ジヴァゴ、ユーリー・ジヴァゴを詩人として登場させ、イイスス・フリストスと同じように革命のさなかに死なせたのです。未来を預言するためです。そして、書の最後に、福音書モチーフの、つまり福音書の〈予型〉的な詩篇を書き残した。そうです、流離の果てにロシアの大地に土着したユダヤ民族の一人の最後の言葉だったのではないでしょうか。わたしたちにいま必要なのは、まさにこのような〈預言の書〉に他ならないのです。いわゆる近代エヴロ一パ起源の小説文学というジャンルでは、救われないのです、人々の未来は……

イワンチクは鼻水をすすっていた。よごれたハンカチを取り出して洟をかんだ。ヴァレリー修道士は言った。イーワン・イワヌィチ、あなたのおっしゃる通りだ。そう言えば、わたしは怪しげな修道士隠者だけれど、思います。ヨハネに洗礼されたイイスス・フリストスは、最後の預言者として現れた。その以後、はやも二千年余、フリストスを継ぐ預言者は現れずに、いまの現在に至ったのではないかな。そこでだが、わたしたちは一人一人が、どんなに小さくとも、預言者でなくては生きる意味がないのではあるまいか。イコンを描くこともまた預言なのだ。イワンチク、最近、きみの絵皿が売れているといって喜んではなるまい。

そこまで言ってから、ヴァレリー修道士は、あっと思い出した。タガンローグの図書館でダーシャ・イズマイロヴァと話したとき、彼女は言ったのだ。ねえ、ヴァレリー・グロモフさん、ご存知かしら。パステルナークは、『ドクトル・ジヴァゴ』を書き終えたときにね、こう言ったのですよ。これで神から遺言された義務を果たし得た、とね。

二人は部屋の火が消えかかっているのを感じて立ち上がった。イワンチクは車でタガンローグまで戻るのだ。ヴァレリー修道士はイワンチクを見送った。イワンチクは毛皮の半コートを着こみ、頸に手編みのマフラーをぐるぐる巻きにして、雪明りの道を登って行った。

3

その夜明けだった。ヴァレリー修道士はいつになく熟睡したのであるが、夜明けの凍った星たちが秘めやかな囁きで、アンフィブラーヒーの弱強弱の三拍のリズムで輝きの歌をきらめかせているのが耳底の貝に聞こえだし、ふたたび眠りへと誘われていったのが分かった。そこへ、ウラル山脈の満天の星空から姿を現わした預言者のイヨアン・ドンスコイがヴァレリー修道士に話し出した。ヴァレリー修道士はこれまでうつつにあってはドンスコイを思い出すことはあっても、夢で会い合うことなど一度もなかったので、おおいに喜び、驚いた。イヨアン・ドンスコイは若々しかった。彼は言った。お久しゅう、ヴァレリー・モロゾフ。ヴァレリーは驚き、イヨアン・ドンスコイ、わたしはモロゾフじゃなく、グロモフですよ、と言った。ああ、そうであったね、ま、名はどうでも同じことだ。今日は、あなたに予言を言いたいと思って、こうして突兀《とっこつ》たるウラルの静かなる山岳から下りてきた。わたしはあなたに予言を言おう。いいかい、ヴァレリー修道士、このままあなたは起き上がって、聖堂にいってごらんなさい。あなたが、あなたたちが待ち望んでいる、セルゲイ・モロゾフの聖像画の壁がすでに成就しているのを見るであろう。さあ、起きて、常夜灯の手燭をかかげて、これから聖堂に行きなさい。そのとき、わたしの予言が行われていることを、あなたは発見するだろう。

　ヴァレリー修道士は、ここまでが夢であったのかどうか、そして自分が本当に起き上がって、寒さのうえに皮衣を羽織って、手燭をかかげて聖堂までいったのかどうか、夢と現実の境目が分からないままに、手燭のろうそくの炎がゆれるがままに、聖堂へと入って行った。聖堂の中はまだ暗い闇に満たされていたが、手燭の灯りに揺れて、昨夕の降誕祭のあとの片付けで運び込んだアラジンのストーブや、テーブル、椅子が片隅に寄せられ、静かな眠りの静けさに浮かんでいた。イヨアンの預言通りならば、この先の左手の壁面に、セルゲイ・モロゾフの聖像画が成就しているということだった。ヴァレリー修道士は漆喰がきれいに塗られた壁面の、その始まりにたどりついた。その時だった、ロウソクの炎がおおきくゆらぎ、壁面がつぎつぎに明るくなった。ヴァレリー修道士の歩みは、手は、手燭を高く、低くかかげながら、白い漆喰の壁面が一斉に歌いながら、花たちのようにつぎつぎに、画像を浮かびださせていたのだった。ヴァレリー修道士は声をあげながら画像に見惚れ、手で色彩に触れながら呼び掛けた。おお、セルゲイ・モロゾフ、やっぱり、きみは来てくれていたのだね、それなのになぜわたしに顔を見せてくれなかったのか。ヴァレリー修道士は手燭の炎にゆらめく画像の数々を手で、盲人のように触り、確認しながら進んで行った。

丘の斜面。寒さに震える幼子。洞窟の中。秣桶、雄牛のあたたかい息。

そして寝ぼけまなこの羊飼いたちが、燃える干し草のように輝く一つの星を遠くに眺めている。雪野。墓地。墓標。柵木。その一つの新星のあらわれに宇宙は狼狽しているのだ。

そして贈物を積んだ駱駝をしたがえ、小さな驢馬にまたがり、東方の三博士がこの新星にむかって雪野を急ぐ。

ヴァレリー修道士は描かれた三博士の顔を、手燭の炎でつぶさに見て笑った。その顔は、ダニール修道院の長老、サンクトペテルブルグの大財団のプッチョーン老師、そしてアリスカンダル老師に瓜二つだった。

その先の壁画は、光眩しいくらいの、未来の諸世紀において実現しているすべての思索と夢想の表象だった、そしてステーピから吹き募る凶暴な地吹雪……

そして壁画とともにヴァレリー修道士は、洞窟の幼子の誕生の奇蹟を礼拝しに行く人々の群れにまざっていた。押し合いへし合いしながら、その中には天使たちもまざっていた。おびただしい人々の群れが、遠くがけ下の雪野につづいていた。天使たちは姿が見えないので、ただ足跡だけが雲母でできた葉っぱのように残っていた。

羊飼いたちと一緒にヴァレリー修道士も、岩屋の中にお目通りを願ったが、ダメだった。ただ三博士だけが中に招じ入れられた。ヴァレリー修道士は、はっきりとマリヤの声を聞いた。〈みんな一緒ではいけません　入口で待っていなさい〉――その声の、ややかすれぎみのやわらかい灰色声の響きは、どこかダーシャ・イズマイロヴァに似ていた。シープルイ

イイスス・フリストスは幼子となって全身光り輝き、樫の木でできた秣桶《まぐさおけ》のなかで眠っていた。彼をあたためていてくれたのは驢馬や雄牛たちの鼻孔だった。

手燭の灯りで漆喰の上の壁画をつぶさに照らし出し眺め、たどってきて、ヴァレリー修道士は思った。ついにセルゲイ・モロゾフは成し遂げたのだ。で、それは誰を超えたというのか。どうやらイヨアン・ドンスコイがすぐそばにいたようだった。超えるとか超えないとかの問題ではない。根源に至ることだけが問題なのだ。

ヴァレリー修道士は、ついに聖なる壁画の最後の場面の前に立って、高く手燭をかかげた。喜びの蠟涙を流して太ったロウソクの炎は燃え盛った。三博士が幼子のそばで、小声で話していた。そのとき、三博士の一人を片手で押しのける者があった。

それは降誕祭の星だった。そしてマリヤを見つめていた。

そこで手燭の蝋燭は燃え尽きた。ヴァレリー修道士は手探りで歩くまでもなく、夜が明け始めていた。

ヴァレリー修道士は自分の鉄製のベッドでまだ眠っていた。そして目覚めて、かたわらで常夜灯の手燭の火が燃え尽きているのを見た瞬間、夢を思い出した。わたしは行ったのだ。いや、ほんとうにそうだったのか。

ヴァレリー修道士は大慌てで起き上がり、夏用のサンダル履きのままで、朝の聖堂へ駆け付けた。ヴァレリー修道士は寒さの中で身長が氷柱みたいに伸びたように感じた。

聖堂にはようやく淡い厳寒の光がしのびこんでいた。

漆喰塗りの左の壁面は雪のように白かった。

どこにも壁画は描かれていなかった。


跡形もなく画は消え去っていた。ヴァレリー修道士は壁の最後まで手で触りながら歩いた。ヴァレリー修道士は涙を流していた。わたしの夢見のなかだけで成就したのか。すべては夢だったのか。すべては終り、またすべては始まる、ヴァレリー修道士に耳元でステーピの凶暴な風が唸った。

しかし喜びに満ちて、そしてうつつに戻ろうとしたとき、最後の壁面のいちばん下のあたりに、そうだ、降誕祭の星が割り込んだあたりの隅っこに、まるで羽根でさっと書いたような大きな頭文字の痕跡を見つけた、その下に一輪の小さな薔薇の花が横たえられていた。いったい誰がここに?

セルゲイ・モロゾフ、きみの御使いではなかったのか。この酷寒の凶暴な世界で、いまきみはどこにいるのだ?

——親愛なヴァレリアン、いまわたしはいったいいずこに生きていると言うべきなのか、自分でも分かりません。わずか一年のうちに、わたしはすべてが失意の底に蹲《うずくま》っています。わたしが、いいえ、わたしというより、わたしの聖なる画稿の壁画が、あなたたちが修復された真っ白の漆喰の壁に、いまではフレスコ画が描かれるのはひどく困難ですが、それを待っていただけると考えることで、わたしを待ってくださる人たちがいるのだということだけで、わたしをこの精神の辺境において支えてくれていることに感謝します。とにかくわたしは生きています。生きの最後の最後の瞬間まで、生きています。わたしは描きたい。しかし、いまのわたしにはまだその確信が得られていないのです。どれほど多くの借りをあなたに、そしてあなたの愛するひとたちに、わたしは負っていることでしょう。いま、わたしがいるところを、どうしてあなたにつげることができましょう。しかし、かならずや、わたしはここから、光の世界へ出て行けるものと思っています。そのときこそ、わたしはあなたたちのもとへ喜びに包まれながら駆け付けることでしょう。ここで知り合った友が、いよいよここから大いなる企みの末に出ていくことになったので、わたしがここでメモした小さな言葉たちの紙片を彼に託します。ゆくゆく彼がそれをあなたのもとにもたらすことでしょう。

忘れずに、わたしのことを忘れずにいてください、わたしの到着を待っていてください。わたしがいま囚われている軛とはなんでしょうか。決して単に物質的な、目に見え、手で掴まれる鉄格子ではありません。

ヴァレリー修道士は二月の雨の中で、セルゲイの手紙を読んだ。二月の霙《みぞれ》が大地を黒いぬかるみに一変させていた。二月の霙は泣きながら窓を打ち付けた。鉛筆で紙片に描かれた文字は霙のようだった。ヴァレリー修道士はノーメルの記されていない汚れた紙片の皺を伸ばし、読んだ。

1

フィンランド駅に帰ってきたとき
僕は母国の石畳に跪《ひざまず》いて祈った
避難民の流れに逆行して
僕は押しつぶされながら泣いた

2

おまえは
なぜ帰ってきたのかと
フィンランド湾の風が訊いた
僕は答えられなかった
愛する故にとも
憎むゆえにとも

ただ僕は湿った大地の人々を抱き締めたかった
人々の心は
死の谷を歩いていたに違いなかった

僕は地中海の豊穰な
ルネッサンスの光の中から
この湿った大地の悲しみに帰ってきた
亡命者が零落の果てに

ふたたび母国に亡命するように
そしてぼくはもう何もなかった
何者でもなかった
身一つ
心ひとつだけ
世界のおそるべき進化から取り残された
痴愚者にすぎないことを悟った

3

もう僕には
あの光の杖がなかった

僕は無銭の行路痴愚者にすぎなかった
僕は捨てられた
フィンランド湾のサケの生身を拾い
犬のように貪り食った

心には
燦然ときらめく地中海の幸があったが
それでも
寒さに凍えるサケの生身のほうが
親しみ深かった
僕は北国の
ロシア的な
イイスス・フリストスを思い描いた

4

僕はサンクトペテルブルグの路上で
イイスス・フリストスや
聖母マリヤのイコン画を描いて売った
肖像画も描いたが
僕のイコンは一枚も売れなかった

僕は
プーシキンの〈青銅の騎士〉の
哀れなエヴゲーニーのように彷徨《さまよ》った

予め知っていたとはいえ
僕は豪壮な大都市の底で蠢く
ごきぶり《タラカン》の一匹にも
あたいしなかったのだ

5

それであってさえも
僕はもたらしたいと切に祈る
最後まで生ききることを
生きて成就することを

願わくは
僕の悲しみの光の杖に

自然の秘蹟を与えて欲しい

6

ただ光であるために
僕はこの世に生まれた
僕に可能な試みとは何か
僕の果たすべき使命とは何か

7

僕はいにしえの人々のように
この悲しい
湿った
豊かな大地に
愛の抱擁をもたらしたい

8

生きることも

死ぬことも
いまさら珍しくない
この認識を
無関心を
強弁を
僕は撃破したい

9

死と愛の成就を
僕は受け入れ
自然からの限りない贈り物として
僕の未然のイコンに
描きたい

死も愛も
観念や抽象ではない

人生の
恋しい
具体的な
日々の
刻々の
イコンに他ならないのだ

10

僕は生まれた
生きて
今を生きて
そして死を完成するにしても
どうして
有名であったり
著名であったり
あるいは富裕であったりする
欲望の必要があるだろう

死と愛の
円環のなかで
それらは美しくない

ただ使命を成就し
献身して
他者の心に
愛をもたらす者になりたい

11

僕はいま見えない鉄格子の中に坐っている
しかしやがて僕はここをすり抜けるだろう
どうして百年も待つ必要があるだろう
世界は百八十度一変するだろう

イイスス・フリストスが
旧約を反転させたように

12

僕はそれを
友よ
あなたの漆喰の壁に描くだろう
いや
僕でなければ
僕の分身となって
僕の愛しい天使が
一夜のうちに
描いて
立ち去るだろう
その翼もて描くだろう
……………………

以上のような鉛筆書きの紙片をヴァレリー修道士は二月の霙の声を聞きながら読んだ。

これは精神に異常をきたしている筆致ではない。セルゲイ・モロゾフがいまどこにいるかヴァレリー修道士には容易に察しがついた。この手紙は、セルゲイの囚友が郵便で送って来たものだった。

その友という人物は短い手紙をそえていた。自分はカザンのドイツ人の末裔だが、故あって、強制的に狂院にいれられたが、脱出に成功した。毎日みずからの排泄物を喰らい続け、手に負えないとみなされて路上に放り出された。いちばん恐れているのは、セルゲイ・モロゾフが麻薬を少しずつ注射されているらしいということです。しかし、わたしは確信しています。かならずや、わたしなんかとは違って、神のご加護で救い出されるに違いありません。

第10章　夢の春

春の復活祭が待たれるようになった。ヴァレリー修道士は日々が眠くてたまらなかった。午睡が多くなり、夢ばかり見るようになった。すでに近隣の農場主たちは春の仕事にとりかかっていた。聖堂の壁は何一つ描かれないままだった。ヴェーラの父のアダムがときどき白い壁を確認しにやって来ては、言った。

もちろん、復活祭に間に合うなんて奇跡は起こらない。しかし、わたしたちは待っている。待つことには馴れている。いや、馴れさせられていると言った方がいいがね。だから信じて待つ。待つことは、わたしらのささやかな矜持と言うべきでしょう。別の言い方をさせてもらうと、聖堂の壁画はまっさらな漆喰のままだが、わたしらは待つうちに、やがて描かれるにちがいない聖像画が心に見えてくるのです。いや、こうも言いましょうか。わたしらの待つこの心が、セルゲイ・モロゾフを生み出すのです。

春先の匂いがし始めた聖堂内をアダムと語らいながら歩き回り、ヴァレリー修道士はセルゲイのおかれた受難を、言い出すことができなかった。

タガンローグの春は早かった。きょうも、きのうも、春の日射しが満ち溢れていた。イワンチクは貪欲に駆けずり回っていた。戦争が長引くほど、セルゲイ・モロゾフの壁画が待たれることになるなどと言っていた。彼の絵皿は飛ぶように売れていた。その利益をイワンチクは、彼の言葉をかりれば、未来の子供たちのために投資しているのだった。


春の午睡の夢の一つのなかで、ヴァレリー修道士は、遠い丘の夢を見ていた。そこをリーザとマーシャの二人は、どうしてここにマーシャが来ているのか、ヴァレリー修道士は不思議に思わず、もう半世紀ぶりにとでもいうように、若々しいマーシャをみつめているのだったが、その二人は長距離列車でタガンローグへ向かっていた。

タガンローグに着くと、彼女たちはミレナ谷をめざした。タガンローグからポクロフスコエ村の駅で下車し、豊かな大地の春の盛りの中を歩いてミレナ谷へ歩くことにしたというのだった。二人は秘かに興奮していた。新作のフィルムの物語の絵コンテがつぎつぎに浮かんでいると話し合っていた。ほんとうにその壁にはセルゲイ・モロゾフの手になる聖なる壁画が描かれたのかしら。ヴェロニカの実家の農園を探し出す前に、真っ先に修道院へ行こう。春は、すでに何年経とうとも、春は同じ春だった。人もそうなのだが、人には歴史があって、心の春は春でも同じではなかった。二人は野の花のなかを歩いた。その自分たちの後ろ姿が映画のカメラで追われているように思えて、二人はそれが可笑しくて、また幸せだった。わたしたちはただ一時《いっとき》の存在をこんなふうに自分では見えないけれども、後ろ姿を自然の中に残して、やがてあとかたもなく失われていくのかしら。そう言うのはマーシャだった。ヴァレリー修道士は午睡の中で涙を流していた。

二人は話し合っていた。

リーザは言った。壁画はまだ白壁のままじゃないだろうか。

マーシャも言った。待つことだけよ。

リーザは言った。いつ来て、いつ描いたのかもわたしたちは知らず、そしてたちまちいなくなる。わたしは思う。かならず描かれていると。そしてたちまち立ち去ったと。

マーシャは言った。一晩で聖堂の壁画が描き終わるなんて、奇跡よ。

リーザは言った。天使たちが手伝っていたなら、一時間でも可能でしょう。

二人はミレナ谷の坂道を急いでいた。ヴァレリー修道士の鼓動が早くなった。銀河を転げ落ちるようにさえ感じられた、二人はほとんど駆け出していた。春の若葉の奥に小さな修道院のクーポルが金色に光っていた。あれは、マムレの若葉よ、まだ小さいね。

光の杖たちが若葉をゆらしていた。セルゲイ・モロゾフ、あなたはどこにいるの、もう出てきてください、世界はあなたを待っているのよ。それはマーシャの声だった。

そのとき、ヴァレリー修道士は夢のなかで、自分自身を見ていた。

聖堂の前の長椅子《ラフカ》に背をこごめて坐っていた老人だった。まだ寒いのか皮衣を着て、光の長くて細い杖を手にし、その杖の先で地面に何か書く所作をしながら、小さな声で口ずさんでいた。

二人は坂道を駆け下りた。…………

…………………………………………………………

それから、目覚めたヴァレリー修道士は庵室に戻って、ふたたび鉄製の小さなベッドに横になって眠り、また夢を見た。

ウラル山脈を東に越えた僻陬《へきすう》の大村らしかった。木造の小ぶりな家の玄関先の階段に腰をおろしている小さな老人がいた。かたわらには尻尾をくるりとまわした子犬が行儀よく坐っていた。老人は頭はすっかり禿げていて、ふとした瞬間に、ダヴィンチのモナリザの笑顔を見せるのだった。老人は日向ぼっこをしながら、一人で話していた。ときどき意味不明の、涎《よだれ》がながれる言葉を発したが、だれも聞く者がいないにかかわらず、ながながと独白のセリフをそらんじているのだった。小さな家には、若い警護の者たちが交代で当たっていた。彼らはその老人のたわごとを聞きなれていたが、今日は退屈のあまり老人の話し相手になった。

ヴァレリー修道士にはこの老人の声がはっきりと聞こえた。

……、そうだ、そうさ、わたしがたかだかロシア帝国の復活をもくろんだなどと、いい加減なことだ。世界と歴史を再編するだなどと、とんでもない。わたしは懺悔する。わたしが死に追いやった人々の運命について許しを乞い、懺悔する。わたしによって戦争のもろもろはなされた。レーニンやスターリンほどには殺さなかったが、一人殺せばすなわち一万人に相当する。わたしは万死に値する。わたしは一度として、世界史の英雄にならんと思ったことはない。わたしは母の子である。あの美しい苦難のマリヤの子である。人の子である。わたしがイイスス・フリストスへの道を思いついたときは、すでに遅すぎた。いいかね、権力というのはただ突き進まないとだめだ。引き返すことができない。ということは、遅かれ早かれ没落する。わたしの罪は大きい。この廃齢にいたって、わたしはあらためて自然の、すなわち宇宙の運命をひそかに待っている。宇宙のミステリオンをこそ待っているのだ。わたしをして、いまこそ人の子たらしめよ。禁錮などとけちな仕打ちはやめにして、償いの旅の途次にて人々の石もて撃ち殺させたまえ。これらの日々、夜ごと囁く二千の悪霊を、わたしは一匹ずつ追い出した。おお、歴史の大いなる幻影よ。やがて来る死の日に、わたしは……、何という過ちのおとぎ話に狂ってきたのか——というように、左手の不自由な腕をかばいながら、えんえんと独白をし、涎をたらし、謎めいた笑みをたたえ、白い渦巻きの尻尾をもつ子犬に語りかけているのだった。おお、帝国の何という幻影《ヴィジェーニエ》であったことか。不条理であったことか、予《あらかじ》め、それを知らざりしゆえにこそ……

若い警護人が手を貸して彼を立たせる。

さあ、おじいさん《スタリチョーク》、もう時間だよ。

そしてただ蒼穹には雲たちの聖像画が、永遠の反復のように流れて行く。

ヴァレリー修道士のこの午睡の夢は、鐃鈸《にょうばち》のようにうるさいイワンチクの声で打ち破られた。師よ、起きてください、手紙ですよ！

第11章　碎氷船の薔薇《ローザ》の花

ヴァレリー修道士は夢からたたき起こされた。アイヤ、ヤヤヤ、何という無礼な手紙だ、差出人の名も、アドレスもない手紙だとは！　何という無礼、わが師を恫喝しようとでもいう密告の手紙ではないのか、悪魔に食われろ、などとイワンチクが叫んでいる。

イワンチクは慌てふためいて封を切るナイフを探し出してきて、ヴァレリー修道士に、早く早くと急がせた。その瞬間、ヴァレリー修道士は予感し、イワンチクに言った。一人合点して騒がしくするのは、いかがなものかな、イーワン。なんだか、春のことぶれのような気がしてならないのだが、わたしには。そうつぶやき、ヴァレリー修道士は手紙の封を切った。そして読みだした。イワンにも聞こえるように音読しながら読みだした。

――親愛なV・G、いま大急ぎでこの手紙を書きます。こんな用紙でゆるしてください。今、郵便局の立ちデスクで、立ちながら書いています。なんと生きることに急いでいるのかと、あなたからおおいに笑われることでしょう。でも、この朗報を一時間でも早く、その来着を今か今かと待っておられるあなたたちに知らせたいのです。昨日、二月といってもまだ氷点下二十度のここに来て、もちろん公務出張ですが、思いもかけない出来事に逢着したのです。いいですか、師よ、わたしの度重なる出張というのは、任務として、対岸の大陸の州までふくめた収容施設の監察なのです。そこで、百年も昔から使われてきた極東地方の中継監獄のある僻村に来たのです。そこに何という事か、関連施設としてわたし自身の調査にもれていたある精神病棟があるのが判明して、氷点下三十度にもなる奥地に馬橇で行ったのです。有能な部下を二人ともなって。おお、敬愛なるV・G師、そこでどんな再会が成就したことか！　わたしはどちらかというと神秘主義的な傾向の心性を有しているのを自覚しているのですが、このときほどの喜びははじめてといっていいくらいでした。おお、わたしたちのあの聖なる漂泊者、わたしたちの画家、わたしたちの魂の友が、夢遊病の状態で収監されていたのです。もう一週間遅かったらいったいどうなっていたことか。わたしはただちに監察官としての権限によって、院長以下、施設獄吏らの審問を行い、真相を突き止め、記録をとり、ただちに州都の大学病院へと搬送させることを命じたのです。わたしたちの彼は、意識もうろうとしつつも、わたしの声を聞き分け、涙を流しながらうなずいたのです。スパシーバ、という声がわたしに耳元に聞こえました。字義通り、われわれのロシア語の〈ありがとう〉ということば、〈神よ救い給え〉という意味ですから、彼の言葉は、祈りと喜びにみちて聞こえました。わたしたちは病院の幌付きの馬橇を用意させ、この地の土着民たちの監視人を馭者にして、まずは最寄りの小町まで行き、そこで救急車が手配でき、そこからさらに州都まで二〇〇キロメートルは走り続けたのです。いったい、このわれわれのロシアとは一体何なのでしょうか。満天の凍てつく星たちが氷原のすぐ上で、星の言語で氷の炎がはぜるとでもいうように語らっているのです。わたしたちの画家は、幌がけの馬橇に乗せられ、さらに病院車では点滴その他の十分な処置をしてもらい、夜を徹して走りつづけたのです。そして、ようやく州都の病院に無事に搬入でき、診断と処置が迅速にすすめられたのです。そのとき、処置にあたったドクトルが、何という奇遇と幸運であったことか、これにも驚かされましたが、ペルミ時代の友が、どういう事情であったのか、ここの大学病院に院長として赴任していたのです。

それにしても、このロシアとは一体どうなっているのか！　いいですか、師よ、審問の際に判明したのですが、わたしたちの聖なる友の、このような拘留、収監、しかもこのように何千キロもの遠隔地に次々にたらいまわしに送るといったような不条理窮まる決定が日常茶飯事のように行われているのです。いかに広大な星空の下の大地であるとはいえ、これでは一体人間とはどのようにみなされているのか。どうして、このような妄想的幻影《ヴィジェーニエ》によってロシアの根本が生きられるのか。そしてナロードのなかから出たそのナロードが平気で、無関心と鈍麻によって、このように退化してしまうのか。いいですか、師よ、わたしたちの彼は、いったいいかなる罪状でこのような逮捕になったのか、審問調査によって判明して、これには開いた口がふさがりませんでした。これがまたロシアにちがいありません。彼は、路上で逮捕されたのです。しかもその理由が、イタリアの古典詩人、ジャコモ・レオパルディの抒情詩集一巻を、黒と金色の装幀の美しい大冊を背負い袋の中に隠し持っていたという理由だったのです。それが即座にスパイの嫌疑の理由となり、詩人レオパルディの名さえ知らず判決を下したのです。それ以後、扱いに困り、精神病棟を転々と移動させていたのです。冤罪の痕跡をかき消すためにです。そして最後はシベリアの精神病院だったのです。食事も十分ではなく、見る影もないように痩せ細っていたのです。

とにかく、わたしは間に合いました。わたしはどなたに感謝すればいいでしょうか。それはやはり神の御心に、つまり自然の大いなるわざにということになるでしょうか……

いま、あわただしく郵便局のデスクで書いています。用紙が切れそうで、次第に文字がちいさくなってしまいましたが、とにかく、彼はもう、わたしの管轄下にあるので、安心してください。師よ、わたしたちは、多かれ少なかれ、互いに、信によって、人生の大地によって、草花のように植物のように、弱肉強食の獣たちのようにではなく、互いに愛の分身同士ではないでしょうか。精神病棟で収監中に投与されたとおぼしい薬物の後遺症が癒えるにはそれなりの時間がかかるとのことですが、退院のめどがつき次第、わたしは、わたしたちの大切な分身の友を、サハリン島のアレクサンドロフスクの僧院に招きたいと思っています。

春が来れば、かならずや成就するでしょう。あなたの聖堂の壁画のことは、待っていてください。植物が春を待つように……。わたしはこれまでのロシアの大地に対する負債のすべてを返したいのです。ロシアなど悪魔とともにあればいいと思っていたのですが、そんなことはありません。わたしに可能なことは、ただ労働と富だけがロシアを救うのだとしても、その根源の心、魂の高潔さにおいてわたしは寄与したいのです。
それでは迎えの車が来ました。急ぎ投函します。

砕氷船の薔薇の花より

エピローグ

ヴァレリー修道士はその日、春の光が入ってくる聖堂の、真っ白い漆喰ぬりの壁を背にしてラフカに坐って、サハリンから届いたダーシャ・イズマイロヴァの手紙を読んでいた。時々老眼鏡をはずして涙を拭いた。聖堂の中を鶏がかけまわっていた。春の光は這うようにしてやってきて舞い上がった。白い壁にヴァレリー修道士自身がまるで生きた聖像画のように翳《かげ》をもたらしていた。ヴァレリー修道士はもう一度、手紙を読み返した。

——親愛なヴァレリー修道士、あなたは生きていますか、生きて元気でいますか。わたしは冬の間、悪性の風邪にやられて苦しんでいましたが、ようやく本復しました、わたしは生きています。サハリン島は思った以上に春が早いです。クロッカスも、水仙ももうたくさん咲いています。わたしは、市中の中心部なのですが、とても小さな住宅が密集している窪地のような場所に、アパートを借りて住んでいます。ほんとうにみんな身を寄せ合っているような家々なのです、道は泥濘《ぬかるみ》ででこぼこして、小さい集落のような場所には勝手気ままに車が駐車しています。そうして、ここらへんに知識人の人たちがひとかたまりになって暮らしているのです。大きなマンションは一つもありません。木造の家が多いのですよ。新しい家も色とりどり。そしてその中に、まるで人形のような小さな教会があったりして、ネギ坊主が金色に輝いています。わたしはそのおもちゃのような教会の鐘の音を聴きながら、生きているのです。

ユゼフ・ローザノフ少佐のことが気がかりになっておられるのではないかと思います。いいえ、わたしはあの方を追いかけて、このサハリン島に移住したわけではありません。

わたしはわたしで、新しい人生を新しい大地で始めようと決心したのです。でも、いまの自分に一体何が可能でしょうか。それでも、このような年齢になって始めようと決心したのですから、ヴァレリー修道士、あなたなら少しはこのような無謀を、ほめてくださるにちがいないと思っています。

ユゼフ少佐はアレクサンドロフスクで、何か重要な仕事をなさっているようですが、詳しくは知りません。わたしはアレクサンドロフスクまで行こうと思ったのですが、この厳しかった冬と病気のために、春まで待っていたのです。こちらは雪解けですが、北のアレクサンドロフスクはようやく流氷も少なくなっているのではないでしょうか。

わたしはこの世界のために一体何が出来るのでしょうか。ただ夢見ることだけでおわるのでしょうか。そして老いて、杖をついて、この泥濘の春をゆっくりと歩き回るだけなのでしょうか。そうですね、いまユゼフ少佐のいるアレクサンドロフスクといえば、ロシア革命、その後の内戦期には、白衛軍や亡命者の人々で満ち溢れた、そう、サハリン島のパリといわれた都会だったのですね。あの詩人のアンナ・アフマートワのおかあさまだって、ここに逃げてきた海軍士官の子息をたよって、ここまで一人旅をしてきて、しばし一緒に暮らしていましたよ。白衛軍の士官や貴族たちのサロンでは流暢《りゅうちょう》なフランス語のサロンが開かれていたのです。そうして、ここから機会を待って、日本《ヤポニヤ》に渡り、あるいは日本から上海に、上海からアメリカに、あるいはエヴローパに、そしてまたフランス経由でロシアへと戻るような人々でにぎわっていたのです。いまわたしの住んでいるあたりも、さまざまな民族出身者が大勢います。ウクライナの人々はとてもおおいです。ポーランド人も。あるいはチュルク系の人々も。わたしはこのような人々の流れと渦のなかで、初めての春を迎えるのです。本当のことを言うと、わたしはいま、自分がいつどこでいのちが終ってもいいのではないかというように感じていますし、また年齢もそれなりに熟《たけ》たのですから、いまは自然を受け入れることだけが大切だと思っています。

つまらないわたしの手紙をゆるしてください。わたしは五月が来れば、きっとアレクサンドロフスクまで行き、ユゼフ・ローザノフに会うことでしょう。わたしの願いは、ユゼフ・ローザノフ少佐の心《セルツェ》の杖になることです。あの方の、あの過激ともいうべき特別な《受難》

の衝迫性を、その苦しみを少しでも和らげられるような魂《ドウシャー》の杖になることなのです。さあ、春が本格的になったら、わたしは春の生命力をわが身に受け入れて、わたし自身の愛を流出させるのです。このような愛を幻想だと誰もが言いますが、このような幻想なしで、どうしてわたしたちは生き延びられるでしょうか。もし私の身に、万一のことがあったら、どうか、タガンローグのあなたのミレナの墓地にとひそかに思っています。

親愛なヴァレリー修道士、セルゲイ・モロゾフの壁画はどうなっていますか。彼は無事に生きていますか。これは、ちょっと神秘的な予感ですが、わたしたちはこのサハリン島で再会できるように感じられてなりません。


ヴァレリー修道士は手紙をここまで読み返し、また涙を拭った。ダーシャの手紙を封筒にもどしてから、ゆっくりと腰をあげ、白い漆喰壁に映った自分の影を見ながら、ヴァレリー修道士は言った。何と人生は疲れさせることよ、何と喜ばせてくれることよ。

いや、よしんば、セルゲイにそれがかなわなくとも、またたれかがひきつぐことだろう。聖堂の一番奥の角で、光が渦巻くように見えた。風が立ったのだ。ヴァレリー修道士は眩暈《めまい》をおぼえ、漆喰の壁に片手をかけて体を支えた。そのときにどこからともなく、ユゼフ・ローザノフの歌う声が聞こえた。幻聴に違いなかった。

いつもぼくらは
神に祈ることができる
いつも恋しいのはこのとおい丘……
声も言葉もでないけれど
あふれた涙が話すのだ
いつも恋しいのはこのとおい丘……
きみの涙が全世界　きみの涙が全世界

エッセイ　原景について

どうしてこの物語を書いたのか、何か無意識の、忘れてしまっている心の原景があるのではないかと、はっと思ったところへ、果せるかな自分ではすっかり忘れてしまっていたことにでくわした。それがボリース・ピリニャーク（一八九四〜一九三八）の長篇小説『機械と狼』（一九七三年、白水社刊。二〇一〇年、同新版、未知谷刊）だ。

それは五十年前のことだ、三十歳の僕は川端香男里先生との共訳でこの途方もない大役を任せられた。寝食を忘れる思いで訳した。そのことを、すっかり失念していたのだ。実は、先日、読書会があって、『機械と狼』を改めて読みかえし、圧倒された。さらに発見があった。それは、今回の僕の『幻影と人生　2024』は、ピリニャークの『機械と狼』の、いわば、日本人が書きついだ、もちろん文体の骨格が違うが、ずっと小さな小さな現代への語りつぎ、変奏曲であったのではないかと。もちろん、ソビエト初期の一九二三年の情況とはまるで異なるけれども、しかし事の本質は何ら変わっていない。

三十歳でまだモスクワにも行ったことのない僕の圧倒されるロシア原体験は、ピリニャークの『機械と狼』に描かれた〈ロシア〉だったのだ。僕の〈ロシア〉とは、その前にロープシンの翻訳があり、パステルナークの詩集『わが妹人生』の翻訳があり、そしてピリニャークの『機械と狼』、そのずっと後に『ドクトル・ジヴァゴ』の翻訳といったように追い求められたのだが、圧倒的な〈ロシア〉感覚の原点は、ピリニャークの翻訳だったのだと！

未知谷版『機械と狼』の六二〜六八ページにかけて、イタリア最大の詩人レオパルディの詩を愛するミリーツァという登場人物が出てくる。彼女の人生と運命こそが〈ロシア〉の清らな精神の華だ。どうか、機会があれば、このページを繙いていただきたいと思う。現代はロシア革命の時代ではないが、このミリーツァは、ひそかに、今も、ロシアにもウクライナにも、何処《いずこ》にも生きている。

ピリニャークの『機械と狼』は、パステルナークの『ドクトル・ジヴァゴ』に先行する、小説言語による預言の書といっていい。僕の今回の物語はその源をたどると『機械と狼』に行きつくと、今、二〇二四年、雪解けの早春に、二〇二一年に亡くなられた川端香男里先生を偲びつつ、お伝えしたい。「作者あとがき」に前置してこの小文を添える所以である。

作者あとがき

ソ連崩壊前夜にぼくはモスクワにいた。一九九一年十月、十一月。あれからあっという間に現在の二〇二四年　すでに三十三年だ。そして今般の戦争である。あのときぼくはモスクワの地下鉄の十月駅《オクチャーブリスカヤ》の街で、いましも崩落する祝祭のごとき黄昏に立ちあった。帝国《インペリア》が瓦解する。解体される、その前夜の　その夕べの熱気。過去のすべての　死と栄光と、実験と情熱と国民。その大渦の如き人々の波に巻き込まれた。

あのときの記憶によってぼくは物語で考えることにした。社会主義帝国が崩壊し、三十年後に、その先に、いまふたたびこの大国の大地がどうなるにしても、切にぼくは夢想する。二十世紀ロシアが生み出した詩人たちのことばを頼りにしてこの先の世紀末の出口を思い描きたい。予言したい。詩文学のことばによってしかできない世界を提示すること。ぼくは二十一世紀について絶望するが、しかし希望を持っていること。《地球大統領》一人も生みだせない現代世界のアポリアに絶望するが、少しも希望を失っていないこと、その理由を、ぼくはこの物語で考えたかったように思う。

今回の物語はその意味で　ロシア精神の洞窟について老修道士の視点から物語ることになった　とりわけ、詩人パステルナークの『ドクトル・ジヴァゴ』の詩篇がゆくりなく光明となった。プロットなしで書かれる物語であったから、何がどうなるということも分からない道行きであったが、突然吹雪の中から現れてくれたようなことだった。

もう一つ、ここで触れておこう。プロローグの章で、ドンの河口でユゼフ・ローザノフがふと口ずさむ歌についてだ。そこに、「いつも恋しいのは　このとおい丘……」というフレーズが紛れ込んだ。これはイタリアのロマン派の大詩人、ジャコモ・レオパルディ（一七九八～一八三七）の詩「無窮」の冒頭のフレーズである。訳詩の拡大コピーがぼくの廊下の壁にはられている。いつも見る。いつのまにかぼくの中に棲みついていた。これは工藤知子の『詩の住む街――イタリア現代詩逍遥』（町田純装幀、二〇〇七年、未知谷刊）一三〇ページにある。その変奏の物語が始まるときに、われしらずこのフレーズが反復されるモチーフになった。その変奏の物語となったことも、ここに特筆して感謝したい。また、今回も飯島静さんに装幀作品をお願いできたことを記して謝辞としたい。

二〇二四年春分の日　札幌にて

作者

くどう まさひろ

1943年青森県黒石生まれ。北海道大学露文科卒。東京外国語大学大学院スラブ系言語修士課程修了。現在北海道大学名誉教授。ロシア文学者・詩人・物語作者。

『TSUGARU』『ロシアの恋』『片歌紀行』『永遠と軛　ボリース・パステルナーク評伝詩集』『アリョーシャ年代記　春の夕べ』『いのちの谷間　アリョーシャ年代記２』『雲のかたみに　アリョーシャ年代記３』『郷愁　みちのくの西行』『西行抄　恣撰評釈72首』『1187年の西行　旅の終わりに』『チェーホフの山』（第75回毎日出版文化賞特別賞）『〈降誕祭の星〉作戦』『ポーランディア』『没落と愛2023』等、訳書にパステルナーク抒情詩集全7冊、7冊40年にわたる訳業を1冊にまとめた『パステルナーク全抒情詩集』、『ユリウシュ・スウォヴァツキ詩抄』、フレーブニコフ『シャーマンとヴィーナス』、アフマートワ『夕べ』（短歌訳）、チェーホフ『中二階のある家』、ピリニャーク『機械と狼』（川端香男里との共訳）、ロープシン『蒼ざめた馬　漆黒の馬』、パステルナーク『リュヴェルスの少女時代』『物語』『ドクトル・ジヴァゴ』など多数。

幻影《げんえい》と人生《じんせい》　2024

ВИДЕНЬЕ И ЖИЗНЬ 2024г.

2024年 5 月 5 日初版印刷
2024年 5 月15日初版発行

著者　工藤正廣
発行者　飯島徹
発行所　未知谷
東京都千代田区神田猿楽町 2 丁目 5-9　〒 101-0064
Tel. 03-5281-3751 / Fax. 03-5281-3752
［振替］　00130-4-653627

組版　柏木薫
印刷所　モリモト印刷
製本所　牧製本

Publisher Michitani Co. Ltd., Tokyo
Printed in Japan
ISBN 978-4-89642-724-0　C0093